天狗文庫

いのうえやすし

井上靖 文集

旅路
我挚爱的风景

[日] 井上靖 著
李筱砚 译

重庆出版集团
重庆出版社

TABIJI
by INOUE Yasushi
Copyright © 1959 by The Heirs of INOUE Yasushi
All rights reserved.
Originally published in Japan.
Chinese (in simplified character only) translation rights arranged with
The Heirs of INOUE Yasushi, Japan
through THE SAKAI AGENCY and BEIJING KAREKA CONSULTATION CENTER.
Simplified Chinese translation copyright © 2020 by Chongqing Publishing House Co., Ltd.
All rights reserved.

版贸核渝字（2018）第174号

图书在版编目（CIP）数据

旅路：我挚爱的风景 / （日）井上靖著；李筱砚译 . —重庆：重庆出版社，2021.1
ISBN 978-7-229-15318-2

Ⅰ.①旅… Ⅱ.①井… ②李… Ⅲ.①日本文学—现代文学—作品综合集 Ⅳ.① I313.15

中国版本图书馆 CIP 数据核字（2020）第 189920 号

旅路：我挚爱的风景
LÜLU:WO ZHIAI DE FENGJING

[日] 井上靖 著　李筱砚 译
责任编辑：魏雯　许宁
装帧设计：谢颖设计工作室
责任校对：郑葱

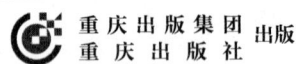

重庆出版集团 出版
重庆出版社

重庆市南岸区南滨路162号1幢　邮政编码：400061　http://www.cqph.com
重庆出版社艺术设计有限公司 制版
成都国图广告印务有限公司 印刷
重庆出版集团图书发行有限公司 发行
E-mail:fxchu@cqph.com　邮购电话：023-61520646
全国新华书店经销

开本：890mm×1230mm　1/32　印张：7.5　字数：140千
2021年1月第1版　2021年1月第1次印刷
ISBN：978-7-229-15318-2
定价：59.80元

如有印装问题，请向本集团图书发行有限公司调换：023-61520678

版权所有　侵权必究

目录 / Contents

001 诗篇

  猎枪/002

  镰鼬/004

  流星/006

  漩涡/008

  瑟瑟秋风/010

011 宗谷角

017 雪中的下北半岛

025 猪苗代湖

029 大洗

037 日光·战场之原

041 河口湖

045 箱根的樱

051 箱根·金时山

057 伊豆·汤之岛附近

065 汤之岛·净莲瀑布

071 越过天城

075 千曲川和犀川

083 信浓·姨舍附近

089 从上高地到德泽

099	信浓·大町附近
107	八岳高原
113	诹访湖
117	天龙川沿岸
121	在弁天岛
129	渥美半岛和伊良湖角
139	北陆·北潟
143	比良和坚田
153	京都(一)
163	京都(二)
169	河内平原·古市附近
175	潮岬之行
181	纵贯纪伊半岛
195	中国山脉山脊上的村落(鸟取县福荣村)
199	长崎一日
207	有明海
213	后记
215	译后记
221	附录　井上靖年谱

诗篇

猎枪①

不知为何，那位中年男子惹得村里人人反感。对他的嫌恶之词甚至传入了我这孩童的耳中。

某个冬日的清晨，我曾目睹他紧紧别上子弹带，将猎枪重重勒在灯芯绒上衣之上，长靴踏碎了霜柱，他从容地扒开草丛，抄小道往天城山②而去。

二十多年后，那人早已故去，可他那时的背影却并未从我眼中消逝。究竟是什么让他必须佩带上让生灵断送性命的白色钢具，将自己这般冷酷地武装起来？就连现在，身在大都会的人潮人海中，我依然会在某时某刻突发奇想，想要像那位猎人般从容、安静、冷峻地行走于世。我这才知道，人在步入中年，窥视过人生的白色河床之后，能同时在孤独的精神和肉体上刻上沉重烙印的，除却那杆擦得锃亮的猎枪之

---

① 1948年10月20日发表于《诗文化》杂志，后被收入诗集《北国》中。发表时诗人41岁。
② 位于伊豆半岛中央的山脉。是整个伊豆半岛区域海拔最高之处。

外别无他物。

天城山麓·汤岛附近

镰鼬[1]

以前我上学路上，总会经过一个名叫犀之崖的小型古战场。周围就连正午时分也是树木苍郁。从桥上向下探望，谷底仅有一小摊水，几片落叶长期浸泡其间。传说这里就是日暮时分镰鼬出没之处，大家经过时都很害怕。虽然没人见过它的身影，也无人听过它的脚步声，但据说那家伙会如疾风般突然袭来，挥舞锐利的镰刀割开人脸、斩断人腿。每次因备考补课放学晚了路过此处，同学们个个都战战兢兢。大家都慌张地将手提包夹在腋下，飞快地奔跑过桥。

有一次，学校里一位青年教师从科学的角度为我们解释了"镰鼬"究竟为何物。他说，当大气中某一局部出现真空层时，气压会突然转向零点。气压骤然变化而产生的效应若

---

[1] 1947年6月10日刊发于神户市诗人团体"火之鸟"发行的杂志《火之鸟》第三册之上。后收录于诗集《北国》中。发表时诗人40岁。"镰鼬"为日本传说中的妖怪，传说这妖怪会乘着旋风而来，用像镰刀一样的爪子袭击人，人的皮肤会留下伤口但丝毫不觉得疼痛。"鼬"俗称"黄鼠狼"。江户时代的妖怪画册中"镰鼬"被刻画为四肢长着镰刀的黄鼠狼。

是作用于人的肉体之上，会使人产生好似被镰刀割过的错觉。这种现象其实就是人们所谓的妖怪"镰鼬"。犀之崖的地势恰好为这一大气现象的发生创造了有利条件。

自那以后，我便不再惧怕镰鼬这种恐怖至极的动物了。可是，我绝望的人生态度恐怕也正是诞生于此时。即使是现在，我也会时常想起镰鼬的存在。偶发于人类命运中途，突如其来的，完全突如其来的冷酷截断①，一如镰鼬出现时那片骤然生成的气潭。镰鼬从未从我记忆中消失，虽然如今犀之崖已被填埋，且数年前起，红土街道就已笔直地通向原陆军机场②。

滨松市·犀之崖

---

①此处突如其来的人生截断或指井上靖的中国大陆从军经历。
②指原日本陆军滨松机场。战争期间为日本空袭亚洲大陆各国的大本营。

流星[1]

  高中时，我曾身裹大衣，独自一人仰面朝天地躺在日本海边的沙丘上，望见流星划破夜空。十一月，一道蓝光从冰冷的星座处一闪而过，溘然消逝。那时，再没有比那颗流星孤独的行径更能摇曳我青春灵魂的东西了。我长久地躺在沙丘之上，丝毫未曾怀疑，只有我才是地球上独一无二会用额头接住那颗下落星辰的人。

  自那之后，时间已过去十多年。今夜，在这个国家多愁善感的青春亡骸——由铁屑和瓦砾构筑的荒凉的城市风景之上，我又见到了一颗拖着长长尾巴疾行的星。我闭上眼，头枕在红砖瓦上，现在的我再也不会以为会有任何天降之物落于我额头之上了。我与流星这一转瞬即逝的小小庆典缘分已尽。那颗流星的去向我无从得知，一如我那在战乱逃亡中不

---

[1] 1947年4月1日发表于月刊诗歌杂志《诗人》（京都矢代书店发行）。初发表时诗的末尾写有"二二·一·五"，可推测创作时间应为昭和二十二年（1947）1月5日。发表时诗人40岁。

知所踪的青春。不过,那独自从恒星群中脱离后穿过天体群落下的流星,临终时的那份洁净多么让人惊叹啊,唯有这份洁净永远不会从我的眼中消逝。

> 金泽近郊·金石海岸

漩涡[1]

寂静初冬里的某一日，湛蓝平静的南纪[2]海面上，唯独那一角澎湃汹涌。波浪撕咬着海角巨大的岩壁，在不知根底的岩礁缝隙间，卷起几个庞大的漩涡。传说那里曾住着魔鬼，因而被称作鬼城。我站在鬼城广阔的岩台之上，忘却了时间的流逝。岩台下，漩涡的纹路成形又崩裂，崩裂又再成形，周而复始。我的心完全被它孤傲伟岸的面庞所吸引。

旅行归来，回到都市喧闹的生活中后，在深夜冰冷的被窝中，我依然会不时想起遥远的熊野急滩里的暗潮涌动。我以为：不是魔鬼曾住在那里，而是住在那里的人变成了魔鬼。不知何时，我的内心也完全被魔鬼吞噬，我冷峻地意识到真相：此刻，不知名的海藻一定在暗褐色潮湿的肌肤上喘息着，在黑色海潮的表面若隐若现；已变成魔鬼的人类正凝

---

[1]发表时间及刊物与前篇《流星》相同。初发表时末尾有"二二·一·二六"，推测应为昭和二十二年（1947）1月26日所作。

[2]南纪暨南海道纪州国的略称。包含现和歌山县全境及三重县西南部部分地区。

视着它那异世界般碧绿色的痛楚。

南纪・木本海岸・鬼城

瑟瑟秋风①

落寞的秋意终于漂泊到征途的终点,却为何仍要向寂静的严冬迁移呢?秋冬之交,从谷底吹来的寒风令人无可奈何,它们甚至被命名为"季节的痛哭"。

它每日频繁造访,将中国山脉棱线一带的村落一分为二,它吹动满目的大叶矮竹,从美作一路吹到伯耆。野猪群隐藏在风道之中,倒伏在地上隐忍。它们这么做不是因为吹得石头都毛骨悚然的、猛烈无情的寒风,而是为了追随萧瑟秋风远离之后,十一月的艳阳洒下的虚幻的白光。

中国山脉

---

① 1946年9月25日发表于《火之鸟》第一册上。发表时作者39岁。

宗谷角

过了名寄站没多久，天盐川便出现在列车左手边。黑色的河水浑浊不堪，像一摊死水。河水顺着河畔的灌木杂草丛缓缓流过，一派原始森林中的河川景象。一到冬季大雪覆盖，唯有这一条蓝黑色的河川仍在流淌，让人倍觉荒凉。

列车在名寄到幌延区间大都沿着天盐川行驶。河流与铁轨的距离时近时远，但无论何时眺望车窗外，都能见到一部分蜿蜒的河床。自天盐川可见之处起，窗外的风景色彩终于开始浓烈起来。放眼望去皆是原始森林。白桦、杨树、针枞、冷杉、落叶松、水曲柳、枹栎等各类树木从窗外交替飞过。

落叶松的枝叶被染成金色缎带，针枞则像负雪的圣诞树般略有沉重之感。至于杨树，确实比东京附近见到的枝干要粗壮许多。

虽然才七月初，窗外的风景已像冬日般阴郁。不止风景，气温也非初夏之感。身体完全不会出汗。从打开的车窗外掠过脖间的风甚至有些冰凉。

※

汽车沿着北方的海岸线疾驰。

道路与海滨之间本是草原地带，不知何时转变为一整片长满大矮竹的原野，只在路旁可见几株虎杖或是野生稗草。长满大矮竹的原野里，各式各样的小花星罗棋布，争相探出头来。除了红色的蔌瑰，还有红里带黄的萱草花，茎秆只有一尺①左右，与兰花类似。

还有少量的当归花，茎秆有三尺长，花朵像小棉花般群聚在一起。

灰色的海面、镶嵌在海边的大矮竹原野，以及星星点点散布其中的赤色、朱色和白色的花，只有在北国才能见到这般美丽的风景。

"多亏女友甩了我，我才得以见到这么美的景色。"风见龙一郎说。

然而似乎这话并未传入司机的耳中。

"这一带名叫雌熊海滨。以前常有熊出没。"

"嗬，有熊啊。现在没事儿了吧？"

"熊不到冬天是不会出来的。"

没多久，车子驶入一个叫增幌的小村庄。海边四处都散布着渔民们的简易木屋。各家旁边都飘扬着晾晒的衣物。引人注目的是，到了北海道的北端，洗衣突然变成了生活中重要的组成部分。

---

①日本长度单位，一直沿用至1958年。按照1891年制定的度量衡法，1尺约合30.3厘米。

"这边十月开始就改马拉雪橇了。"司机说。

汽车又在无人海滨行进了一阵,开进了一个名叫富矶的村落。这里住着大约五十户家。各家附近的泥土中都埋有鲱鱼锅,都是用来煮用作肥料的鲱鱼的。大的锅直径约有一间①那么长。

至于房屋建筑的样子,此处和旁边村子一样,也是简易木屋。甚至可以说,其实就是个粗制滥造的箱子,上面开一两间小窗,插了根烟囱而已。

"鲱鱼的鱼汛只到四月中旬,现在大家都在为八月中旬开始的大捕捞做准备。"

司机解释完后问:

"您去海角那边究竟是要做什么啊?"

"我去考察呀。"

"考察什么?"

"风景。"

"啊?"

"北方的风景。"

"那不就是观光吗?"

"差不多吧……平时来的人多吗?"

"什么?"

---

① "间"为日本尺贯法的长度单位,一间约合1.818米。

"游客啊。"

"没什么人。除了特别疯魔的人以外，一般人是不会来这种地方的。"

"那么我也算是个疯魔的人了？"

"我不是那个意思。"

就在两人聊天这段时间里，车也逐渐靠近海角尖端。

"前面就是宗谷村了。"司机说。

话音未落，已经能隐隐看见前方丘陵上黑白相间的大横条纹灯塔。

没多久车子驶入村庄。这就是日本北端的宗谷村了。村庄整体呈细长状分布。最先映入眼帘的是一处废弃房屋，玻璃门上用红色油漆写着"弹珠游戏店"。屋舍倾斜，门户破裂，屋内无人居住。

过了邮局和村政府，没多久就出村了。不知何时，海岸也突然换成了浅滩的风景。

"那边是桦太①的山。"

经他这么一说，确实前方遥远的海面上一座小岛分明可见。岛上有七座高山，海鹈鸧机敏地翱翔在海岸之上。据说这里是偷渡去桦太的地方。

---

①即库页岛。

海岸以远两百米处可见两艘底拖船①的残骸，其中一艘倾斜着，直插入海面。离底拖船残骸没多远的海上有座小岛，远远望去有一撮泥沙般大小。据司机说，春天前来捕食鲱鱼的海鸟就聚集其上。

没一会儿，汽车停了。

"这儿就是去灯塔的入口了。"司机说。

"好的。你稍等我一会儿。"

凤见龙一郎刚从车上下来，就被海上突如其来的强风吹了个趔趄。

附近还停了一台汽车。

"哎呀，这不是有汽车吗？"

"肯定是工作人员来灯塔了。"

兴许是这样吧。往灯塔所在高地的路十分陡峭，凤见龙一郎攀爬了五分钟左右，终于上到了高处。那是一块沙地，右手边是灯塔，左侧是一所学校，学校里有一个小操场。简陋的门柱上写着"大岬中学校"。

选自《魔之季节》②

---

①使用底拖网捕鱼的船。底拖网有很多种，常见的有手操网、地拉网等，通常用于撒网捕捞海底的鱼。

②小说。1954—1955年连载于《周日每日》。

雪中的下北半岛

巴士里乘客塞得满满当当，塞满之后，便沿着雪路朝八里①外的大间角出发了。雪又下了起来，好似一直等着巴士启动一样。巴士在狭窄的路上转了好几个弯，穿过大畑町径直驶向海岸的方向。道路很窄，只够巴士车身勉强通过。道路两旁的住家无不被大雪覆盖。

不久，巴士跨过了一条颇为宽广的河流，其后就一直沿着河岸行驶。路况不佳，车身像船一样剧烈地晃动着。没过多久便到了河口。河口处似已变成了港口，二三十吨的内燃机船上竖着五颜六色的旗帜，密密麻麻塞满河口。据乘客所言，那些都是去日本海捕捞大马哈鱼的船只。在被大雪覆盖的港口里，看到许多飘扬着五颜六色旗帜的小船，杉原的心情有些异样。

进入海边以后，巴士就开始沿着海岸线行驶。雪还在下着，但天空却是蔚蓝一片，澄净无比。海面安静得有些可怕。巴士缓缓而行。道路与弯曲的海岸线平行，顺着紧靠海岸的山丘腰部、悬崖底部，无止境地延展下去。

杉原将视线一直投向窗外。有时他看见湛蓝的海面出现在光秃秃的树梢之间，有时又看见浪花四溅的礁石海岸出现在斜缓的沙滩对面，海岸边四处都是褐色的巨石，这些巨石都头顶着白雪，脚下翻滚着海浪。

①日本的长度单位。1日里为36町，约3.927公里。8日里约为32公里。

啊，眼瞧着就要被大浪吞噬，荒石滩上矗立着的那十二三户的小村庄啊。啊，被雪覆盖了大半的晾晒衣物啊。塞满干柴和绳子的小屋啊。裹得严严实实的孩童啊，老人啊。

杉原又变成了个诗人。昨日他的诗情便一如往常飞去了宏子身边，今日他也同样如此。

与其住在没有宏子的东京，我还不如住这里好些。杉原很认真地在思考此事。与其工作在没有宏子的公司，还不如住在这个乱石滩上的村庄里。杉原当真这么想。

突然，杉原被庄司从背后戳了一下肩膀，他回头看了看庄司。

"我在想啊……"

庄司突然以这样的口吻说道。

"你想什么？"

"我想，定居在这里也挺好的。比起做个医生，还是在这边采海藻更合我的性子。挺好的，对吧？"

这次杉原又默而不答。他知道自己的想法又和庄司撞车了，心中觉得毛骨悚然。

村庄里的房屋像是商量好了一般，都建在海面与丘陵夹着的那一小撮土地之上。家家户户比肩接踵，默默地凝神屏息着。没多久，整个海岸变成了荒石滩，到处都是大大小小的岩石，一直绵延到视线尽头。巴士经过的道路两侧，茫茫雪海中锦带花似茅草般探出头来。波涛只在近海汹涌澎湃。

九点十分左右，巴士抵达了一个小村庄。这村子附近的海岸风急浪高。

"这儿可以看到惠山角。"

邻座商人样貌的中年男人好像知道杉原是个游客，这样对他说道。仔细一看，的确有座负雪的山漂浮在遥远的海上。

"看着好像冰山。是不是就是座冰山啊？"

杉原这么一说，那男子便瞪大眼睛看着他。

"那是北海道的惠山角。"

男子的口气中带着愤怒。杉原后悔自己提起了冰山，但那的确就是他当下的实际感受。北海道上那个被雪包裹的白色半岛，乍一看就像一座冰山。大概没有游客能想到北海道竟然离得这么近吧。

巴士停在了一个叫下风吕的村庄处。据说这个村庄有温泉涌出。

"若不是安排好了要去大间崎，今晚还真想住在这里啊。"

杉原这么对庄司说。杉原一听有温泉，就想若是将冰冷的身躯浸泡在冒着热气的浴槽中该是多么惬意啊。

"对啊。温泉呀。温泉这东西真是好啊。"

庄司好像也和杉原同样心境。过了下风吕村，刚歇了会儿的雪又下了起来。一看表，时间已是九点四十分。

※

"看，那儿有两只黑尾海鸥。"

杉原听到庄司的声音后往窗外看了看。岩礁以远，蓝黑色的海面上泛着一道道白波。两只黑尾海鸥在荒凉的海面上翱翔。海浪愈渐汹涌。被误认作冰山的北海道惠山角白雪皑皑，清晰地在那片风浪迭起的海的对面展现着身姿。

过了下风吕，就再也没见着可称作村庄的像样地方。无论走到哪儿都只有礁石。雪依旧下着，好似已忘记要停止一般一直下着。乱石滩上的岩石好像也比刚刚见过的大了许多。

过了桑田村，就能望见前方白色小点状的大间崎灯塔。黑斑头鸦鹈频繁出现，它们展翅飞翔在海中巨石的周围。

十点十分，巴士经过了一个叫易国间的大村落。古书上也有写作"异国间"的。古时这一片确实处于日本与异国的交界之处。过了易国间，杉原才看见一艘小型发动机船，如细竹叶一般飘摇在风浪大作的海面。冒雪搬运砂石的女人们也出现在视线中。巴士依然颠簸着行驶在海岸线上。

"啊,是海鸥。"

杉原喊叫道,他看见海面上浮现出一只白海鸥。海鸥杉原还是分辨得清楚的。

"这里居然也有海鸥啊。它真孤独。一个人漂来这种地方。"

于是庄司便解释:"那是在桦太、千岛繁殖后飞到这边来越冬的吧。"

"是吗?我还以为是离了群,被困在那边呢。"

"怎么可能。黑尾海鸥到处都是啊。"

庄司眼里好像只有鸟。荒石滩的平坦岩石上停着数十只、数百只黑尾海鸥群。

十点三十分,巴士经过了蛇浦村落。杉原想,既然叫蛇浦,以前应该有不少蛇吧。村里人拉着载满薪柴的雪橇在雪路中行进着。临近海角,积雪慢慢变少了。丘陵上的大叶竹在雪中探出头来,松树林的枝干下方根部的位置都能看到。

绕过一座大丘陵的山麓,灯塔突然间便将它巨大的身形呈现在大家面前。

一位乘客告诉杉原:

"从这儿可以看到函馆山。"

不知不觉间惠山角已退到右侧,前方又出现了另一座冰山。那就是函馆山。

没多一会儿，巴士驶进一片大叶竹丛生的平地。杉原回过神来才发现此刻车的两边都已能看见海。车窗右手的海岸边建着十几户人家。目送灯塔从车的左侧经过，没多久终于进入了目的地大间町。此刻是十点十五分。

选自《海峡》[1]

---

[1] 小说。1957—1958年连载于《读卖新闻》。

猪苗代湖

秋天时，我去福岛县的郡山拜会了学生时代的朋友。那日我和朋友两人从郡山驱车约三十分钟，前往一个叫热海的温泉村，当晚住下，第二天开车环游了猪苗代湖。

从温泉村到湖区是段急上坡，汽车行驶在丘陵与丘陵之间，偶尔穿过一片平坦的田野，但转瞬又回到丘陵间的狭窄坡道上。汽车从中途开始沿着一条名叫五百川的小溪行驶，传说某位京都的公主听人说从首都出发后，遇见的第五百条河的河畔涌出的热水对皮肤病特别有效，便不远万里前来探寻，她最终遇见的第五百条河便是这五百川。这些都是朋友说给我听的。

这河只是条平常的河流而已，但河两岸丘陵上各类树木都披上了红装，甚是美丽。特别是木通和漆树的叶子，在杂树林中呈现出一片血红。

从猪苗代湖抽水引流的这条灌渠名叫安积渠，水渠沿岸山野间，整个一派晚秋的景象。稻谷黄熟，四处都已开始收割。水渠边缘用木料固定，青色的藻荇随着水流飘动。

登上丘陵的顶峰后，走几步便能看见湖面。离开旅店时还只是微风，一到山脊处风就猛烈起来，整片湖面上都翻滚着白色的波浪。

"像这种日子的湖面，现在大家都称作兔子。稍微一看，是有几分像许多兔子在跳舞吧。"

朋友向我如是解释道。湖岸附近部分水域呈现出污水一般的茶褐色，而对面则是醒目的翡翠绿，看上去一眼望不到尽头。

在那浓艳的绿色平板之上，白色的浪头像是几百几千只白兔在跳跃。这比我见过的所有湖面的浪头都要凶猛。我这么一说，朋友这么解释：

"毕竟这湖里蕴含着硫黄等各种矿物质，所以或许多多少少会比其他湖泊奇特些。对了，这湖里几乎没有鱼。"

接着朋友又补了一句，"每天看着这没有鱼的湖过日子，就有了像我这样的性格的人。"

朋友现在虽然住在郡山，但却是在湖畔的村子里出生长大的。正如他自己所说，他的性格中的确有些冥顽不化之处。不过此刻我没有联想到这位朋友，倒是猛地记起香住理惠的老家也在这湖附近。此前关于香住理惠，我只记得她出院了，那之后的事情便再也想不起来。然而此刻，伴随着心中些微凄凉的感怀，记忆中她的样子又突然浮现在我脑海。

"西安积大概在哪一块？"

我依稀记得她故乡的名字，便问朋友。

"就在对岸。隔湖相望，对面湖岸那一带就是西安积了。"朋友说。接着他又补充道，西安积那边的五个村子一般被统一称作"山阴"，不过当地人不喜欢那阴暗的名字。

027

隔着湖上千百只跳跃的白兔，我往香住理惠出生并度过了小学时代的西安积方向远望了一番。于是我又想起，理惠去世的那天，廊下散落着微弱的阳光，也是今日这般晚秋的光景。

"我认识对面山阴村里的一个女人……"

我这么一说，朋友不知怎的就理解错了，说："你可别陷太深啊。你最近是不是太拼了。"

紧接着朋友又问："多大年纪了？"

"38岁就死了。"

"死了？漂亮吗？"

"怎么说呢……"

那时，我努力回想香住理惠的容貌，但她在我脑中的形象已经模糊不清。

香住理惠日日瞧着这碧绿的湖面以及湖上泛着的白色波浪长大，仿佛她也被安置上了两颗目光呆滞的鱼眼睛，眼神中同时混杂着暴烈与哀愁。不过，她的容貌却也因此多了几分安静沉稳之感。

选自《湖上的兔》[①]

[①] 小说。1958年12月发表于《文艺春秋》杂志。

大洗

佐川叩问自己内心，究竟为何会做出如此与自己性格不符的举动，决定踏上赏月的旅程。他是在上野开往青森的快车上开始这样问自己的，此时距离列车出发大概过去了三十分钟。

仅片刻时间，列车便开始在一望无际的金色稻田中穿行。田野间零星留下收割的痕迹，视线一转，不知名的河川边有一片巨大的河滩，河堤之下几只鹭鸟身着醒目的白衣，飘然降落。

佐川买的票是到水户的。这趟车三点五十五分从上野出发，中途仅停靠土浦站，五点四十五分到达水户站。佐川准备从水户包车去大洗，今晚住在公司替他联系好的海滨旅馆。除此之外别无安排。毕竟这一趟是一时兴起，只是为了看九月的满月而来。

佐川将视线移向窗外，追溯自己心境变化的轨迹，究竟为何会突发奇想要来看月亮。出生以来这四十多年里，自己一次也没赏过月，就连赏月的念头都从未动过。今早在公司和一个叫田岛的客户碰面时，被对方问起来说今晚该赏月了，准备去哪儿之类的，便也不由自主地想自己是不是也去哪儿赏个月好些。

"赏月的话哪儿比较好啊？"

佐川注视着这位老江湖商人的脸，问。商人已将自己的白发剃短理平。

"可能还是得出东京才行。像信州的姨捨，琵琶湖的坚田，九州的岛原都是赏月胜地，我也都去过。东京近郊的话，嗯，究竟哪儿好呢……"

这男的说什么都像是在谈生意，到底哪些是真哪些是假乍听之下无法断定。

"箱根也没什么好的，铫子的话去太麻烦，听别人说大洗不错，但我没去过。"

一听这人说自己没去过大洗，那一瞬间佐川就决定要去看看了。也不是因为工作时眼睁睁看着田岛捞了不少好处而泄愤出气，但确实多多少少对他有些不满。

客人一走，佐川即刻叫来秘书科的职员，吩咐他查好去大洗的路线，安排好下榻的旅馆并且给自己家中去个电话。

在被田岛问及是否要去哪儿赏月的当头，佐川好似突然记起遗忘许久的事情一样，几乎未作考量就决定要去赏月，究其原因还是因为自己太疲累了吧。去赏月这样的念头，别人怎样不得而知，对于自己这样有几个身子都不够用的大忙人来说，并非什么奖励。

不过，人啊不管你喜欢不喜欢，到了一定年纪都会产生这样的想法。那时，或许就像波涛冲刷着海岸一样，岁月的潮水也会进一步朝我们涌来。那时，突然渗入内心的与年龄相符的老年心境，想必也会为额头再增添一道皱纹吧。

不过，不管怎么说，自己是真的累了。佐川想着想着，列车就已到达土浦站了。霞浦湖隐隐约约出现在右手边的车窗之外。周围并无山峦，所以看起来不过是一片宽阔的水塘罢了，可是倘若晚秋立于湖岸边，或许会有烟波缥缈之感。

列车一过土浦，便可看见田野各处停着三三两两的白鹭。这两日天黑得明显早了些，不久，暮色像雾霭一般，逐渐覆盖这举目无山的平原。

这一刻，佐川才意识到，自己一时任性来到这里，并非只是单纯因为疲劳，也不是年龄增长的错，而是一种像是即将灭亡的预感将自己推来了这里，这种焦虑感总会间歇性地，每年来袭几次。佐川的工作到目前为止一切顺利。虽是战后才起家，时间尚短，但现在在东京和横滨都开设了自己的汽车零部件外包工厂。工厂的建筑以及从业人数也随着事业的扩大每月增长。也正因此，佐川偶尔会梦见自己处在进退维谷的境遇中。既然这些会出现在梦境中，证明自己的事业内部的确隐藏着陷入那样状态的可能性，这是无可争辩的事实。

不止佐川的工作是这样，战后日本的产业多多少少都有这些特质。表面上产业红红火火，但其实离崩塌也就只差一层窗户纸而已，难以为继。或许还有第二层、第三层，但都被外部条件牢牢束缚，靠自身力量完全无法支撑。

佐川内心对产业崩塌的担忧总是来得毫无先兆。不管有多少悲观的现实放在眼前，他都不是轻言疲惫的人，但也正因为并无直接根据，这种毫无预兆、与产业现状毫无关系的预感才从内心难以驱散。

佐川这才回想起来，从昨天起自己又陷入那般衰累的情绪中了。虽然田岛那句话诱使自己产生了去赏月的情绪，但的确自己内心那不断抬头的灭亡的预感也脱不了干系。

大洗这名字一听就能联想到一片荒凉的乱石海岸，去那里看今年中秋的明月也未尝不可。就这样，佐川赏月的情绪便和中年男人内心来历不明的绝望感以及由此产生的感伤和颓废主义产生了关联。

佐川在水户站前联系上一辆车，朝着大洗进发。原以为一路上会是凹凸不平的农村小道，便选了一辆看着结实的车，没想到水户至大洗的道路竟然是整修一新的水泥大道。

道路两旁宽阔的水田一望无际。月光偶尔会露出脸来，将田野照耀得像白昼一般明亮，可转瞬间又阴翳下来。

"真不赶巧，今晚云层太厚，赏月是没办法了。"

司机这么说道。白色的卷积云紧紧包裹在月亮周围。

"还有几里地？"佐川问道。

"出了水户向东走三里。海滨调①里不是这么唱的吗?其实啊,差点才到三里地。"

汽车笔直地穿过这三里平坦的道路。

"对面就是老路。看得到吧?就那边。"

老路没看到,沿线人家亮起的灯光倒是星星点点看得清。另外,据说备前公建造的灌渠"备前渠②"也是沿着老路在流淌,佐川透过车窗自然也是望不见的。

车开了三十多分钟后,进入了矶滨町境内。这地方是个细长的小镇,渔场的味道飘得到处都是,无论房屋的建筑方式还是街上行走的人群都是这股味道。

车开进了一条大街,道路两旁街灯明亮,灯与灯之间间隔一间的距离。穿过这条热闹的大街,汽车停了下来。

"我加点水,你稍等一下。"司机说着,离开驾驶位,走进右手边的鱼店,即刻提了个桶出来了。鱼店前方秋刀鱼堆积如山,五六位穿着长靴的女子正在将鱼扔进木箱中。

鱼店对面是一家古董店。窄小的橱窗前,破破烂烂的东西杂乱无章地放着,典型的乡下古董店的模样。

佐川透过车窗望了望橱窗内店里的摆设,又回头看了

---

①发源于大洗地区的宴席民谣。明治中期将原有的船歌再编曲后,流行全日本。
②水户市内连接樱川和涸沼川的水渠。江户时代由伊奈备前守忠次建造,故名"备前渠"。

看，发现司机仍在鱼店旁的水井边哼哧哼哧地压着水泵，于是便打开车门下到街边。佐川在周遭鱼腥味的包裹下，打量着古董店的内部。

店内灰尘积了一层，旧钟表、金属锁链、缺口碗、勋章等等琳琅满目。正面挂着一张尺三①大小的日本画。一看落款写着"紫水"，佐川脑子里立即浮现出了坂本紫水的名字，就是大正时代和麦仙②等人一同创立了新日本画团体S协会，同时也是该协会领导之一的那个坂本紫水。

画中用墨笔勾勒的几株老杉树，乍看之下笔法略显潦草，树的上方一轮寒月高挂长空。就差直接题上寒月二字了。画很有品位，不仅如此，落款还是佐川熟知的紫水的名字。

佐川想，倘若是真品，竟然能在此处发现坂本紫水的画，真是稀奇。正好此时，司机打开了驾驶室的门，佐川便顺势上了车。

又开了七八分钟，旅馆便到了。旅馆的建筑已有些年头，但房间也不少。佐川被安排进三楼一间八叠③的和室。

---

①一般挂轴的大小。长约为1米，宽约为39厘米。
②土田麦仙（1887—1936），日本画画家。大正七年（1908）与村上华岳、榊原紫峰等人结成了"国画创立协会"，后文提及的S协会原型或为此协会。另外，协会中并无名号为"紫水"的人，或为井上借榊原紫峰创造的人物。
③和室的计算单位。八张榻榻米大小。约为14.6平方米。

据女佣说，不久前这间旅馆依然由驻日盟军接管，不过只有一层被改造成了西式房间，其余各处并无明显改建痕迹。旅馆夏季是旺季，接下来的秋冬季节没什么住客，但近来附近新建了一间高尔夫球场，周末会有打球的客人来住宿。

房间里靠海一面有个檐廊，上面安置着桌椅。佐川换上浴衣，来到了檐廊上。

旅馆正下方便是海岸。大小岩礁散布海面，直至远海。檐廊处也能听得浪花四溅的声音。整个一派鹿岛海岸[1]典型的荒凉景象。距旅馆百米开外竖立着一座小型灯塔，与建筑大小呼应，灯塔发出的光也很微弱，但却以极快的转速舔舐着海面。从海面绕回来的光亮，每次都会照亮佐川所在的檐廊。女佣拿着住宿登记簿过来时，佐川一问才知道，灯塔去年刚建成。佐川专程来赏月，月亮却依旧被层积云包裹，只是偶尔想起来才会露个小脸。

选自《大洗之月》[2]

---

[1] 茨城县大洗海角至千叶县犬吠海角的大陆架区域。
[2] 小说。1953年11月发表于《群像》杂志。

日光·战场之原

玲子先来一步，在东武电车浅草站的站台上，等待山根到来。今天她穿了一身偏黑色的中式服装。这衣服正好将她的脖子裹藏进纤细的身体中，十分合身，无论什么职业的女孩穿出来都是一副楚楚动人之感，更别说她这样刚成年的女服务生了，怎么也看不出是这样的身份。

两人在下今市下车，包了个车去中禅寺湖。若是山根不先说话，玲子几乎不主动开口。不管是在电车里还是在汽车上，她都一味将视线投注于窗外风景。

玲子皮肤本是白皙亮丽的，在窗边强光的照耀下反倒添上几许蓝青色，显得不太健康。山根心中疑惑，玲子是否胸口不舒服，或者是别的病痛正侵蚀着她的肉体。毕竟从她日常的生活作息来看，有此疑虑也是情理之中。不过奇特的是，她这副样子却丝毫没有不洁之感，反倒更像是她的美丽肌肤展现清冷皎洁的方式。

过了车返①，路一下子变得陡峭起来，气温也随之急速下降。

※

两人预约的旅馆据说是中禅寺湖畔最古旧的一家，房屋

---

①车返：险峻山道起始处或者寺社参道入口处等禁止车辆继续通行的地方。

的窗檐都涂成了朱红色。两人的房间紧挨着，因为山根入夜后还有工作必须要做，所以两人只是一起吃了晚饭，之后便自由活动了。九点左右，山根询问进屋来的女佣，才知道玲子已经上床就寝了。

山根一直工作到黎明时分，然后睡到了早上十点左右。据说山根起床二十分钟前玲子才起来。

"你真能睡啊。"

早餐时山根这么一说，玲子略显羞赧地说道，"还不是因为这里凉快啊。半夜醒了两次，但很快又睡过去了。总之睡得很舒服。"

玲子心满意足地露出笑容。

那天下午，山根带着玲子去三里外的一个山中小湖兜风，据说那湖比中禅寺湖还要美。两人在战场之原的入口中途下车，拜托司机师傅在平原对面的一角等候，剩下的一里地两人自己走了过去。虽然走了点路，但也没出汗。

下车时天空中就有些阴云密布，不禁让人担心傍晚或许会有阵雨。担忧果真变成了现实，两人走到平原正中附近一个叫三本松的地方时突然下起雨来。

山根和玲子跑了两丁[①]左右的路，慌忙冲进原野中唯一一间小卖部。

---

①"丁"为日本旧制长度单位，写作"町"时更多，1丁约合109米。

两人看着倾盆而下的暴雨，倚在长凳上喝着附近牧场产的牛奶。

"这牛奶真好喝。"

山根不由自主地望向玲子纤细柔美的脖子，看着她咕噜咕噜地喝着牛奶。喝牛奶也要喝得畅快淋漓，玲子就是这样性格的人。

"你呀，也不喝咖啡也不喝啤酒，牛奶倒是很爱喝。"

山根说出心中所想，玲子回答道：

"其实我就是觉得牛奶要比那些东西好喝多了。哎呀，我就跟个孩子一样。"

过了十分钟，汽车司机体贴地前来寻他们。雨也小了许多，山根淋着雨站在小卖部前，挥手招停了车。两人坐上车，继续前往看湖。小湖泊的水面比中禅寺湖还更蓝，细雨蒙蒙中升腾起阵阵轻烟。看过之后，两人又沿着原路返了回来。

选自《落叶松》[1]

---

[1] 小说。1952年8月发表于《别册文艺春秋》上。

河口湖

旅馆建在巨大岩石林立的地带，据说这些石头都是熔岩，毫无光泽可言。旅馆正对着湖面，在客厅中央对桌而坐，也能看到湖面上升到外廊的高度，初冬中宁静而安详。

旅馆住客并不多，我在此住了两晚。平素我在东京日日不得安眠，为了睡个好觉专程来这旅馆过夜。

每日晨昏时，湖心上总会飞来二三十只野鸭，偶尔有数十只。它们漂浮在水面上，背向我时好像个黑色小点。那许多黑色或白色的小点有时会突然扎入水中没了踪影，有时又组成几支编队翱翔长空，在湖上盘旋几圈后散落回湖面上。

第三日清晨，女佣告知我今天是五湖①观光巴士运营的最后一天。

"明天开始就安静了。旅馆门口因为是观光巴士的始发站终点，所以旺季时周边团体游客多，吵闹得很。不过好在明天开始巴士就不开了。"

女佣虽说以后会安静下来，但我来R旅馆之后几乎没觉得吵闹过。按理说，观光巴士昨天前天都从旅馆门前出发又返回，可我丝毫没有感受到吵闹的气氛。

不过经她这么一说，确实一到观光巴士发车或返回的时间，能看到檐廊外聚集了些男女，像是要乘坐巴士的客人，

---

①指富士五湖。富士山下五大湖泊的总称，包括河口湖、山中湖、本栖湖、精进湖和西湖。

他们结成几对,出现在紧邻旅馆旁那自然凸出的熔岩堤坝上。女人们像是商量好了一般,常常以一种危险的姿势爬上岩石坐在某处,背向湖面摆好姿势,被男人们定格在相机之中。他们要么在那里相互拍照,要么亲密地坐在岩石上吃着橘子。

透过窗户,我看到熔岩湖堤上呈现出这般情景,不可思议的是,这景象竟如此静谧。我丝毫也没觉得吵闹。

※

巴士一过本栖湖,就开始沿着来时道路往河口湖折返。途中,为了远眺西湖,去了一个叫红叶台的地方。巴士从主干道折入小径,随着地表起伏时上时下。道路两侧都是桑田,因为是沙路,所以巴士通过后都扬起了厚厚的尘埃。巴士停在红叶台所在的丘陵脚下后,一行人便跟随着女乘务员,将鞋埋入松软的褐色沙土中,往上攀爬。

我不时地回望身后。看见一位身着黄色毛衣的女性,只有她和她的同伴慢悠悠地走在后面。男人走在前面,女人比他还要慢,走在更后面。

一到丘陵的棱脊线,眼底便铺陈开一片树的海洋。树海就像苔藓般充满深沉的厚重感,横亘在大地之间。

我将视线移向树海右侧，西湖夹在山峦和树海中间，仅有一部分呈细长形可见。湖面像是一块平放的厚玻璃碎片，显露出锋利之感。与山峦和树海的颜色都不同，只有那澄净的湖水呈现出令人醒目的湛蓝色。

"我有洁癖。"

这声音突然传入我耳朵，我下意识转向声音传来的方向。刚才那位黄毛衣女子正朝着树海的方向和她的同伴并排站立着。男人刚才那句话很是刺激，久久萦绕我耳畔。

此刻，女乘务员已经开始带领大家返程，大家又扬起尘土，陆陆续续下山。

选自《湖岸》[①]

[①] 小说。1955年4月刊载于《新潮》。

箱根的樱

想来自己的确有些年头没见过盛开的樱花了。至于去哪儿看，完全交由司机决定了。

"那不如我们就先从小涌谷去大涌谷，再转转湖尻、仙石原，然后回来如何？"司机问。

"可以吧。哪儿都行，只要能看到樱花就好。"真崎说。

或许因为是周日，路上车很多。每逢转弯处都和迎面而来的车交会。真崎他们坐的车前后面都有好几台车，一路上还频繁遇到满载游客的巴士。

"游客真多。"

"就是。居然一大早就这样。"

汽车在陡急的坡道上转了几个弯，一眼望去，山上的杂树林行将抽出嫩芽，一派令人醒目的美景。尚未凋零的樱花树星星点点地散落在杂树林间。

原来小涌谷的樱花已经盛开至此了。真崎和朱实下车走到谷地一侧的路边，站立在十多株樱花树下。

"果然樱花才是花中之王啊。人要是也能像它们一样开得这般灿烂就好了。"朱实说。

真崎本想脱口而出"你的话能做到呀"。但最终还是把话咽了回去。真崎的确认为朱实如果有朝一日遇到合适的恋人，那个人若能让她将自己身上的优点发挥得淋漓尽致，她也会像这盛开的樱花一般骄傲地绽放。不管是她的才能还是她的美貌，都会如此。

但自己就不行了。像自己这般一辈子以自我为中心的男人就不行。画家呀作家什么的，这些家伙都不行。到头来撑死也只会成为个富到流油的老男人罢了。

与其说真崎是在看樱花，不如说他是怀着某种感情在注视着仰望樱花的朱实。真崎想，为了她的未来自己还是应该离开她比较好。昨夜开始一直萦绕于心的绝望之感，突然在此刻感觉像是化为了一根支柱支撑着真崎。

大涌谷的樱花已经凋谢了。不过隔着一道山谷的对面山腰上，白色喷烟[1]飘荡的风景，真崎和朱实都是第一次见到。

"这风景真令人震撼。"真崎说。

"好像城楼被彻底烧毁，只剩余烬在冒着烟一样。"

经朱实这么一说，真崎才发觉的确如此。白烟顺着山峦表面向上爬，真崎仔细端详着，他想若是将两人的心画在画纸上，应该也就这番荒烟弥漫，寂寞难耐之景吧。

面向山峰，遥远的右下方可以看到芦之湖的一部分。朱实付了钱，用小卖部边设立的望远镜窥探远方。朱实混在中学生和女大学生中间，将脸支撑在长长的圆筒之上，转动圆筒。隔着些许距离看过去，朱实这个样子年轻到令人讶异。

---

[1]大小涌谷地区都是火山活动剧烈地带,此处白色喷烟即为地热而散发的烟雾。

汽车绕过湖尻之后，又开始爬上丘陵。透过车窗能看到长尾、乙女、金时三山，山下仙石原广袤地横亘其间。仙石原上有几处集中的住居，包围着住居的杂木林美轮美奂。

进入仙石原里的村落之后，樱花又开始零零星星出现。不过大都只开了四成，到盛开还得再等些日子。车沿着早川上游，经由小田原街道向宫之下行驶。这附近杂木林里到处都开着樱花，虽说远处看不太清，但估计也都是盛开状态，一大片青绿色的叶子中，只有那几处燃放着淡粉色的妆容。

"这一路看了好多樱花。明年后年不看也没关系了。"

急转弯处时，朱实一面倒向真崎那边，一面嘴里嘟哝着。很快她便直起身来问司机，"司机先生，现在往回走要多长时间？"

"直接回的话大约三十分钟吧。"

听到司机的回复，朱实心平气和地说道，"最后的兜风了。"

就是这份心平气和，让真崎坐不住了。

"这么乖巧老实，不寻常啊。"

"不可以！不可以这么说。人家一直都在努力要老老实实的啊。"

朱实说完后，又突然间提高声调，"司机先生，就刚刚这段路，请再跑一圈。"分不清她这究竟是真心话还是在开玩笑。

"别啊,开什么玩笑。"

"没事!请再开一圈。"

朱实歇斯底里地说完,又放心地将头偏向窗边,沉默不语。

司机自然没把她的命令当真。回程路段下坡陡峭程度有所增加,司机一路踩着刹车驶入了宫之下地区的村落。

真崎也没再说什么。他知道无论说什么都没法让她的心情平静下来。

没过多久车便抵达汤本。

车停到旅馆门口,朱实背过脸去不让真崎看到,然后说,"真漂亮,樱花!"之前那种歇斯底里已经消退,口吻中饱含沉静。此时真崎想,自己最喜欢朱实今天的样子。

选自《花与波涛》[①]

[①]小说。1953年1月至12月连载于《妇人生活》。

箱根·金时山

四点左右，爬山的人像潮水退去般走得一人不剩。我和八坂坐在那美子家门口的横框上，讨了杯茶喝之后就直接踏上了归途。那美子和他的哥哥送我们下山。哥哥是一个二十二三岁性格温和的青年，与妹妹长得一模一样。

青年话不多，几乎没说什么，倒是那美子边走边回答我们的问题。她告诉我们各类草木和鸟儿的名字。杂树林中长满了山毛榉、枹栎和紫檀等树，她指着其中将要萌发出新绿的树木，一一告诉我们名字。路的两边有很多胡颓子树。她说山脚的胡颓子六月就会挂果，这附近冷些所以要等九月才能见着果实。

山樱花正盛开着，山下一般村子里的樱花树在这里是开不了花的，大都在还是花骨朵的时候就被雹子给打落了。她告诉我们，梣木和柳树已经开始微微冒出些嫩芽了。紫色映山红已经开了，据她所说一两个月后红花的也会开，再过一个月白花的又该开了。

她挨个介绍着身边所有的植物。映山红似乎也被风吹低了头，每一株个头都不高。路旁的林子里大多是空木、红轮花、柊树，它们也和映山红一样低矮。

已是傍晚，只有鹪鹩还在鸣叫。在山麓，鹪鹩只有在寒冷的季节才得见，这里一整年都很冷，所以据说一整年都能听得见鹪鹩的叫声。

"到下个月，知更鸟、乌灰鸫、大杜鹃、小杜鹃会一下子都飞来。现在说不定已经可以零星看着几只了。今早我母亲上山来前，一只山雀飞进了我家中，让猫给抓住了。这猫居然捉小鸟儿，真让人不愉快。"她说到此处，皱起了眉头。

小早川那美子此刻说着山林间事物的样子，和她昨夜来旅店时，以及刚才妥善应对大客流时完全判若两人。对她而言，一定觉得自己不过是在讲些没什么大不了的知识罢了，然而这话匣子一打开，便说个没完，或许她的内心此时正被一种类似陶醉感的东西所操控。

她在走路闲聊时所讲的话里，最有意思的是冬眠之前红蝮蛇与黑蝮蛇交尾的事。她说她看见过成百上千条蝮蛇，像一根绳一样拧在一起，密密麻麻地团在十张榻榻米大小的空地上。

她口中那无数条蛇聚集之处就在山的缓坡处的某地，仔细一看那里到处都有小石子冒出头来。

"太阳就照在这里，两条蛇就像绳子一样纠缠着，看着都让人觉得暖和。"她这么说着，脸上毫无羞怯之色。我望向她时，她说，"这几天太阳正好从富士山顶端落下。一会儿你看看吧，一年中只有五月这样。"

她就这样一下子岔到了完全无关的话题上。

夜里走在这附近，会发现蛇和毛虫的眼睛都闪着光。那亮光要比猫眼发出的更红些。上月末开始有小蝴蝶在飞来飞去了。等到下个月，大的萤火虫也会出现。抓到的话，一只可以卖十块钱。

她一面说着，一面贴着路的边缘走在前面，让我们走在路中间。她走路的方式很特别，步履轻盈，像是用前脚掌在走路一样。

半路上她还从杂树林中采了几朵蘑菇出来，她说有毒的蘑菇采了之后立马就会折断，无毒的则会纵向分开。她这是在教我们毒蘑菇的识别法则。

"现在主要出粉褶菌。加在酱汤里很好喝。为了祛除毒素，通常会往里滴两滴油。下个月开始，香菇、扫帚菌、鼠状菌就都出来了。"

据说她这些生活必需的知识都是已故的父亲教给她的。父亲在她上小学六年级时就去世了，去世前是富士山的壮劳力。

父亲去世前，她曾和父母弟妹一起一家五口在山上住过一段时间。后来因为忘不掉年幼时山里生活的乐趣，昭和二十三年（1948）四月起便开始独居山中的生活。

这山里最令她痴迷的是一个叫百子崖的地方。我们来到百子崖的入口处（虽说叫入口，但其实并没有路），她拜托哥哥带我们前去，自己则要折返回山中的住居去了。好像是因为已经到了母亲和雇工下山的时间，她有东西要拜托他们明天带上来。

"实在抱歉，让我哥带两位去吧。再会。"

就这样，只有分别时小早川那美子的语气才像个成年人。不过与语气不符的是，她鞠完躬后，便孩子气地扭头往回走了。我们还在原地目送她的背影，她却一次也没有回头过，就那样消失在杂树的林荫中。

被那美子托付给我们带路的青年让我们在路旁等候，自己来来回回在没路的坡面上上下下好几次。他好像也并不知道该如何下到百子崖。

二十分钟后，我们抓着树枝，从灌木丛生的陡坡上滑下，终于站在了百子崖的绝壁之上。朝仙石原的一面很明亮，而另一边则是典型的山阴面，杂树郁郁苍苍地生长着，将溪谷都掩盖起来。这黑暗的溪谷落入了同样黑暗的平原，也就是骏东郡东部地区，所谓"御厨平"的区域之中。无论是人家、茂林，抑或是本该在平原中央流淌的相泽川，还有御殿场铁路线都难觅踪影。暗褐色的地表起伏剧烈，被各种层次的浓淡色彩所装点，以一种阴郁的表情一路下沉中，扩散开去。五六张榻榻米大小的大石块危耸在绝壁前端。小早川那美子口中那个站上去会动的岩石应该就是这块了。当然，我们走上去后岩石分毫未动。

我和八坂二郎站在那块岩石之上，沉默着各自将视线投向不同方向。青年与我们隔了两三间，站立在另一块岩石之上。他也沉默着，视线投向与我们二人都不同的方向。隔着幽深的溪谷，对面山坡上的雾气渐渐升腾起来了。

选自《山的少女》①

---

①小说。发表于1952年11月的《改造》杂志。

伊豆·汤之岛附近

岐部从骏豆线终点修善寺站坐上巴士，沿着下田街道往里走了三里左右，在一个叫做市山的小山村下了车。接着按女乘务员所说，在水车小屋处右转，踩着斜坡上散乱着的小石子缓缓下行。此时已临近三月底，岐部曾听闻伊豆的气候要比大阪早一个月，现在樱花都该含苞待放了，可杵在天城山面前的这个小村落，春天反倒来得特别晚。寒风瑟瑟，岐部不得不竖起厚外套的衣襟以抵御风寒。细柱柳荫蔽着水面，透过柳树间缝隙可以窥见，小溪的水流依然泛黑，给人冰凉的质感。

从路口处走过约半町之后，三间农家顺着坡道并排地呈现在岐部眼前。中间那家门前种着一棵高大的紫薇树，这便是岐部要找的野田口伊之助的老家了。来到这家门口，岐部心中顿觉难以踏入。他把包放在路边，原地伫立着。野田口生前性格文静、沉默寡言，即使这样，偶尔提及老家的点点滴滴之时，他总是面含喜悦。就因为这样，岐部脑子里已经自然而然地刻画出一幅他自以为的野田口伊豆老家的模样，然而现在眼前他所看到的这屋子，和他的想象还是相差甚远。

这小屋像个长方形箱子，乍一看还以为是仓库或是柴火房。前院宽阔，纵深处的屋子却很小，整个透露着贫穷的味道，显得极不均衡。虽说是有个前院，其实充其量也就只有右手边那株老紫薇树萧索孤傲而立，勉强算作这家屋子的标志，除此之外一棵像样的树都没有，不如说是块空地，一穷二白地承受着日晒雨淋。两侧邻居的院子里都竖立着几棵大树，树木间屋顶大大方方地耸立着，总归是给人一种像样的住家之感。而且两家整体都比野田口家要高出一头，中间还都垒出了两尺多高的石墙充当分界线，这么一来野田口家便更加凹陷其间，显得磕碜无比了。

岐部想，这竟然就是自己三年来无数次想要造访的野田口的老家。吃惊之余他呆站在路边，望着午后淡淡的阳光随性地映照在两张采光隔扇上，那隔扇还是把护墙板直接割下草率安装而成的。

岐部站在门口叫了一声，里面一片寂静。他还以为无人在家，正准备绕到后门去，这时门突然开了，一个将和服裤脚挽到膝盖，一身做农活装扮的四十来岁的女子邋邋遢遢地出现在门口，她怀里的婴儿还在吃着奶。岐部立马认出这就是野田口的嫂子。

"我是光荣战死的野田口君的朋友，从大阪来。我叫岐部。"

岐部本以为这样对方便能明白，然而面对眼前这位身着洋装的陌生访客，女子惊诧的神情并未消解，一脸搞不清状况的样子。

"我和野田口君曾经是同一个部队的,在战地我一直承蒙他照顾。这次想来给他扫个墓……"

之后岐部又介绍了一遍,自己是来自大阪的谁谁谁,这样对方才反应过来,说:

"啊,您是伊之的……原来是这样啊。这样的话,这样的话……"

女子突然惶恐起来,急急忙忙将还在吃奶的婴儿从乳头抽离开,她裸露的胸部也跟着头一起,胡乱地俯首鞠躬了几次。之后,她好似幡然醒悟般跨入屋内,对着婴儿嘀咕道,"宝宝乖乖在这里待一会儿哦,"便将婴儿仰面放平在屋子一角,推到里间去。紧接着,她说,"我去叫孩子他爸来,您在这里稍等片刻。实在抱歉,门口乱糟糟的……"

说着,她绕到前面开启拉门,招呼岐部落座。岐部本想回应几句,但女子拒绝聆听,逃离一般地晃动着她大块头的身子,小跑着去了后门。

岐部外套也没脱,席地而坐。他觉得打量屋里的陈设太不礼貌,便尽力将视线移向门外。可没多久被丢在一旁的婴儿着火了似的哭闹起来,三四张榻榻米大小窄小昏暗的房间内,脱掉后随意丢弃的衣物,装着剩饭的容器,极其不卫生地杂乱无章地摆放着,这场景不可避免地、自然而然地进入了他的视网膜。岐部一看表,已是两点。昨夜从大阪出发,换乘火车、电车、巴士还有其他拥挤不堪的交通工具，一路摇摇晃晃来到这里，疲劳感突然沉重地袭来。

门口小路的对面是一面缓坡，四五块稻田铺陈开来，没隔多远好像碰到了断崖，土地一下子就陷落下去从视线中消失了。断崖下方是广阔的低地，从此处难以看见。对面远处是一座丘陵，面向这边的斜面被开垦成几段梯田。丘陵之上，旁边村落的住家或隐在竹林间，或被树木围绕，散布各处。下田街道就在丘陵的山腰部缓缓地画着蜿蜒的曲线。小山丘连绵起伏，好像要将整个村落都包围住一样。每座山丘都被杂树林覆盖，竹林随处可见，像是在大地上抹上了一层黄色颜料，也不知是不是因为高处有风，竹林翻腾起伏着。虽说这是山麓，但这里离山顶还有三里距离，天城山仿佛这幅盆栽般微缩景观的巨大背景，拖着长长的山脊线横亘东西。

岐部累极了，眼睛看什么都像在看陶瓷器上的绘画一样，觉得一切虽然明亮但却清冷。这两三年来，岐部脑子里总是浮现出野田口老家的样貌，想着一定要去他墓前参拜一次，现在终于从大阪长途跋涉，在野田口老家门口坐下了，不知为何心中却好似突然被浸入了冰凉灰暗的显影液[①]中一样。

[①]洗相片时适用的化学药剂，具有强腐蚀性。

※

　　岐部告知说自己明日再来扫墓。他一问墓地的位置，得到的回答是：只有村子南缘的这三家人的墓地，从很早以前开始就和邻村墓地一起被安置在熊之山的山顶，野田口也长眠于那座山上。接着嫂子又告知岐部，既然今晚住在温泉那边，明天就不用绕到这附近来了，从温泉街那边就有直接登上熊之山的近道，虽然坡陡一些，但可以节省一半的时间。

　　"您瞧，那座山就是熊之山。从这里去墓地路途相当遥远，但伊之助葬礼时，一路上村子的人还有学校的孩子们都排着长龙跟着，虽说感觉对不住列队的人们，但确实葬礼因此显得很气派。那时岳母也还健在，她站在这里看着熊之山那边通向墓地道路上的人群，反复说着伊之这葬礼也算是够风光了，够风光了。"

　　与其说熊之山是位于邻村西面一座起伏的山峦，还不如说就是些不高的小丘陵而已。从此处眺望，也能看见对面林间若隐若现的小道。野田口的嫂子说着说着逐渐变得健谈起来，岐部听后想象着野田口的灵柩当年是如何被抬上山的。野田口回村安葬的日子应该是在他战死后第一年，也就是战争结束那年的秋天。岐部想，当时熊之山的杂树林应是多么美轮美奂啊，眼睑上又描绘出野田口母亲目送长长的丧葬队远去时的身影，可是，一想到这位母亲现已不在人世，岐部才恍然大悟，野田口的死亡所带来的悲凉早已在这片土地销声匿迹，如今完全化作了风景的一部分。

选自《早春的扫墓》①

---

①小说。刊载于1950年9月号《人间》。

汤之岛·净莲瀑布

这对男女和来这里的所有人一样，走到茶馆边，在看台的一端坐下。我藏匿在茶馆下方，默不作声。

刚开始，我还能看见男女两人在离我半间距离的地方并排而坐，可过了一会儿两人的四只脚嗖的一声就缩了进去。

没多久从我头的正上方传来女方的笑声。木地板上四处都有小缝隙，从那里可以瞥见这对男女身体的一部分。我将脸凑近去，窥见女方正歪坐着抽着烟。女人竟然抽烟，这着实吓了我一跳。我想，这女的果真是个狠角色。我只看清了这一点就已吓得缩紧了身子。

笑声总是从女方那边发出。渐渐地，也能听到女子低声的呢喃，倒是男方的声音丝毫未有耳闻。我原以为是被瀑布的声音掩盖住了，但渐渐地我发现男子本来就一言未发。我又一次将眼睛贴在地板间隙，只见女子朝他说话，男子也默不作声，反倒与女方保持了些许距离，背对着她将手枕在脑后，长时间躺在一边。我心中疑惑，女子都说得眉飞色舞了，男子为何还能那样无动于衷。

※

我一直弯着身子藏在看台底下。这个动作持续了三十分钟，我渐渐觉得无趣，就想跳出来自由活动一下。这念头一蹦出来就极难抑制，我一心想着要活动一下筋骨，厌倦了夹在石缝间保持那令人难受的姿势。过了那么久，那对男女一直没有要殉情自杀的迹象。那女子都还在笑，看来肯定不会自杀了。

我大半是因为自己一心想要自由走动，所以才爬到看台边上探出头来伸出右手，左右挥动了五六次，好给大家信号。

于是，刚才那对男女走过的小路上突然出现了二郎的身姿。他好像从天而降一样。后来我才知道他那时是从紫薇树上跳下来的。以此为信号，断崖四处开始出现少年们的身影，大家最终都集中到二郎所在之处，一起沿着小路上到了大道之上。

我从看台下方跳下，为了不让那对男女发觉，便朝着河流下游踏跳着石块过了河，中途上岸后也走上了刚刚少年们走过的小路。

我一到大路，发现大家都在等着我。

"那两个家伙说了些啥？"

二郎怒视着我，好像我该为这场毫无趣味的事件负责一样。

"什么也没说。就那大婶儿笑了几下。"

"为啥笑！"

"不知道。"

也不知二郎怎么想的，他突然轻推了下我的头，说：
"回去了！"

这句话便是大家返程的讯号。

我们开始往回走。不知为何，我心中甚是孤单。事件的确毫无趣味，但这也不是我所能预知的。但感觉大家好像都觉得责任在我。只有我稍微落在队伍后面独自走着。

就在这时，我内心突然担忧起来。要是那两人现在殉情自杀的话可就大事不好了。我心中有种念头突然闪现，我看着他们的时候他们确实没想死，但是不是等我们走到大路上之后，那两人就纵身一跃跳下瀑布了呢？

我一路走着，和心中不安的情绪作了一会儿斗争之后，开始萌发出再回去瀑布看看的念头。这念头一出现我就再也无法拒绝。

"我的手绢放在那里忘拿了。"

我突然对二郎这么说道。其实手绢在我怀里揣得好好的，我自己编了个折返回去的理由。

※

我朝着瀑布方向，先是步行，中途开始便跑了起来。跑着跑着心里就开始害怕。我总觉得那两人很可能已经死了。

回想女子的笑声，那笑声的确不是普通的笑。我在那时才意识到，女子的笑声中蕴含着极度的空虚和寂寥。

我急速跑着，都能听见自己草鞋发出的声响。我跑到了大路通往瀑布的小路上。就在我不要命地跑到一半时，我遇到了刚才那个男子，他正从下方往上走。只有男子一个人。

"小孩儿，去哪儿？现在瀑布那儿没任何人在了哟！"

男子稍稍站定后说。环顾四周确实只有男子一人，女方不知所踪。我想，莫不是只有女方死掉了？这么想着，男子刚才那句"现在瀑布那儿没有任何人在了"突然使我心头一紧，恐怖万分。

我半流着泪挤过男子身边，继续沿着小路向下走。心情好像逐渐进入一个深穴之中一般，周遭的寒气与昏暗也一步步变得浓烈。

转过弯后，瀑布的声音突然变大，没过多久已经可以看到瀑布的一部分，再跑几步茶馆的看台也能看到了。没人。我的心中被绝望和恐惧塞满，一个人呆立在原地。

"大婶儿！"

我大声喊叫道。

"大婶儿，大婶儿！"

我已完全泣不成声。

就在此时，我察觉到在离我五六间远的地方好像突然有谁站了起来。我心里一惊，正是那个女子。她刚刚坐在路边的石头上休憩来着。

"怎么了？"

女子走了过来，脸贴近我问道。

"我以为你死了。"

我答道。我终于宽心，同时也感觉到眼泪瞬间夺眶而出，顺着面颊淌下。女子将我的头捧在手心，用她手里捏着的手帕替我擦拭眼睛。她的手帕湿湿的，有些冰凉。女子可能以为我是个患梦游症的少年，说：

"你是不是在做梦啊？"

说着，她为了让我从梦境中醒来，使劲儿摇了两三次我的头，摇到我都有些晕眩了，又轻轻拍了下我的肩，然后像刚刚我在看台下方听到那样，一个人寂寥地笑着。

选自《下去瀑布的路》①

---

①小说。刊登于1952年9月的《小说公园》。

越过天城

道介叫了辆车，两人十二点出了修善寺的旅馆的大门。汽车沿着下田街道开了一个半小时左右，便到达了天城山垭口。穿过了隧道后两人叫车停下，从车上走了下来。

虽然远方看不太清，但周遭却很安静，没有任何声响。竖起耳朵仔细听，偶尔能听到几声夏季黄鹂鸟的鸣叫。阳光普照但却不热，空气中还有些凉意。

虽说没有高山山顶的荒凉之感，但这里也是被世人遗忘的地表安静一隅。这条路据说每天有两趟巴士往返，可能是早晚各一趟吧。总之开车上来途中一趟也没遇着。

垭口的斜坡上只有山绣球开着，其他再未见别的花。倘若拨开斜坡上的杂草，或许能看见秋之七草①也开了些小花，只是从路边是看不到的。

晓子总觉得在这垭口休憩的半个小时里，道介好像有什么话非说不可。这种念头在脑海中挥之不去，所以不管道介说什么，她基本都随意搪塞几句就过去了。不过，四周实在太寂静了，所以她觉得自己的话语无法被任何事物吸收，会一直飘荡在空气中，所以才畏惧开口。

从垭口到下田，一个半小时的路程都是下坡。汽车沿着鲜有尘埃的山路行驶，一路串联起各个小村落。随着海拔的

---

①秋天七种代表性草花：胡枝子、芒草、葛花、瞿麦、黄花龙牙、佩兰和桔梗。

降低，窗边吹来的风里也带上了热气。

两人到达下田海岸的旅馆时已是四点。

稍作休息后，他们又朝着伊豆半岛最南端的海角石廊崎进发。无论是对道介还是晓子而言，与其在旅馆的房间里面面相觑，这种方式反而更能平复心情。

搭出租车到石廊崎大约三十分钟。伊豆的海一向平静，只有这里的潮水沐浴着午后的阳光，在几座岩礁周围掀起波涛。波浪的颜色、运动方式也都与内海截然不同。不过也应该这样，这里与其说是伊豆海滨，还不如说是太平洋更确切些。

从海角丘陵的山脊上往下看，礁石之间有两艘汽船紧挨在一起晃晃悠悠地飘在海面上。离船稍远的海面，只有一部分呈现出鲜艳的碧绿色。眼看着那片碧绿激起泡沫即将靠近之时，刚刚潜在水底的男子才探出头来。这么看来两艘汽船应该都是在采蝾螺。

车停在半町附近外的地方等候。海角的尖端上，除了道介和晓子之外别无他人。从陆上到海平面，都没有任何遮挡太阳的物什，四点已过，日头依然高悬。

晓子挤了一整天车，身子显出疲累。汗珠从她疲累的身体表面渗了出来。颈脖子上、额头上也有汗水滴落。晓子也不用手帕擦拭，反倒将身体暴露在从断崖下方吹起来的海风之中。

放眼望去,海上到处都耀眼无比。视线下方,两艘汽船依旧飘摇着,时而剧烈晃动,时而轻微摆动。

选自《青衣的人》[1]

---

[1] 小说。1952年1月至12月连载于《妇人画报》上。

千曲川和犀川

我们抵达小诸时是半夜三点多,离天明还有些时间。寒气在黑暗的月台上驰骋,那是在东京感受不到的刺骨般的严寒。我带着千佳女①顺着站前大道走了半町左右,叫醒了一间旅馆的管事,拜托他给我们开个房间,让我们能睡两三个小时。

房间中铺好了两张床,我衬衫也没顾得上脱就直接钻进了其中一个被窝,可是并没那么容易入睡。千佳女上床前,整理了一下包里的东西,咔嚓咔嚓地弄出了些声响。然而她的头一靠上枕头,立马发出老人独有的高高的鼾声。

我睁眼已是九点。旁边床的被褥已被叠整齐,千佳女在一旁的隔间喝着早茶。

吃过早饭,我直奔报社通信部,说明了造访此地的缘由,并拜托他们帮助联系警察。我干坐在通信部的暖炉旁,度过了难挨的半小时。据前往警局后归来的通信员所讲,没有任何消息和通知从九州那边传过来。

"估计那孩子会用化名,所以也不知查到的这个是不是本人。据说前天晚上有一个叫铃木的十七岁少年入住了街上的某家旅馆。不一定就是你们要找的那个人,要不姑且先去旅馆问问看?"通信员说。

---

①女性角色名。原文为"ちか女",ちか并未写作汉字。本文从常用人名中选取"千佳"二字来翻译替代"ちか"。

我先回了趟住的地方，叫上千佳女，然后和通信员一同前往旅馆。

结果白忙活一趟。关于仙太郎，千佳女自己也就只在五年前他来家里住过一晚时有所印象。孩子正处在发育最盛的少年至青年的过渡期，身高容貌变化很大，所以旅馆主人所说的少年与千佳女记忆中的少年究竟是不是同一人，实在难以判断。

据说投宿这家旅馆的少年曾问过女服务员附近看千曲川最美的地方，女服务员向他推荐了S村。如果他真想投河自尽，或许就是去那个村子了。这是在那家旅馆获得的唯一勉强可以称作线索的东西了。

"现在怎么办？"我问。

千佳女说："总之先去那个S村看看吧。"

虽然这么说，但从千佳女的神情上来看，她应该也觉得可能性不大。

这趟我是跟着千佳女来的，所以我想尽可能尊重她的想法。下午两点，我和千佳女两人坐车前往S村。S村离火车站有一里左右的距离，车站周围也没有别的交通工具，于是只好叫了辆车。千佳女这般年纪再让她走一里地肯定吃不消。

道路大都与铁路线平行。这是旧时的北国街道①，走几步来个弯道，走几步又来一个弯道。很显然是故意这么设计的，可能是出于某种需要才建成这样。

汽车中途穿过了几个村庄。这些村子好像商量好了，个个都细细长长。道路两旁林立的人家有种大陆的村落才会显现出的秘境之感。或许是因为荒凉的黄色石壁以及沿途了无人烟的景象使村子添上了这般表情。街道左侧，千曲川的溪流好像偶尔才记起来要露面一样，时隐时现。

虽说对不住千佳女，但此刻我已完全忘记想要自杀的少年，一路上被窗外依旧沉浸在冬日严寒中的景色所吸引。

千佳女一直面无表情径直地望着前方，手则放在膝盖上任其随着车的行进摇晃。此时此刻她在思考什么我完全无法想象。从上野出发后，她就没和我说过一句多余的话。然而，就在去往S村的途中，她说：

"啊，那片是核桃林吧。"

她就叫了这么一句。那声音只能用爽朗来形容。

"这树是核桃啊？"我朝窗外看着说道。

"现在虽然是弟弟在继承家业，但我丈夫的家毕竟还是在长野啊。"

---

①江户时期"北陆道"的叫法。从京都大阪地区通往新潟地区的主要干道。

千佳女说。我想她应该是想说她丈夫家中也有核桃树吧。我不明白她说这话究竟何意,但不可思议的是这句话中却有类似花海珊瑚般的东西。核桃树叶掉得一片不剩,汽车在核桃林中行驶了几分钟。树梢之上,寒冷的天空一望无际,天空尽头戴雪的山峦远远地展露着微小的身影。

到了S村政府,也没问到少年的消息。村政府的职员在村子里四处奔走问了几个村民,没有一个人见过少年的踪影。

我和千佳女又坐同一辆车去了上田,当晚宿在上田。在上田旅馆给东京的花山家去了个电话,那边也没有关于仙太郎的新消息。

我们又坐火车从上田去了长野,将千佳女安顿在旅馆后我又去了报社的支局,想着倘若在这里还找不到线索,就折返回东京了。

"不知道是不是你要找的那个人,今早在犀川和千曲川的汇合处有个少年跳河自尽了。"

一位中年的支局长告诉我。我心中一震。虽然仙太郎写下了遗书,但我没想到这位少年的离家出走事件最终真的直接以死亡的姿态呈现在我面前。从前我侥幸的心态被支局长的一句话瞬间推翻,好像被什么东西严厉地回头审视过去一样。我觉得那位自杀的少年一定就是仙太郎。

我在长野支局等待确认自杀者身份的消息传来。

"从现场留下的物品来看，死者是位名叫矶川仙太郎的少年。具体情况得去现场才知道。"

年轻的记者拿着这份报告过来，已是一个小时之后的事了。

我犹豫要不要将这事告诉千佳女，但还是先给已有所准备的九州老家和东京的花山以及义春发了份长电报。

我拜托支局叫了辆车，坐车去了旅馆。我让车在旅馆门前等候，自己上了二楼房间。千佳女此时正坐在窗边的椅子上，看到我来转过头问，"如何了？"

她说话的态度像是在询问家仆有什么最新情况汇报。

"还是没能赶上。"

听我这么一说，她的脸色瞬间变了。没多久又问，"在哪儿发现的？"

"离这里一里左右的地方。"

接着我问，"一起去看看吗？"

"可以麻烦你替我去吗？"

千佳女先这么一说，可紧接着她又说道："还是请你带我去吧。那孩子也是个可怜的娃。看看他在哪里了结的性命吧。"

说着她第一次用手帕遮住自己眼睛。

一上车，千佳女就一直闭着眼睛。我看着她倚靠在坐垫上的样子，好像又瘦了一圈。

车在田野间行驶了一段，之后开始沿着一条大河前行。这条大河就是千曲川。过了一座大桥到达对岸后，陪同的支局年轻记者说，"前面就是犀川和千曲川的汇合点了。据说孩子就是在那里跳的河。"

确实没走多远就到了。犀川的水流像是迎面撞上千曲川的腰腹一样汇合进来，只有此处缥缈又广阔。两条河流夹杂的河心洲上，左右各架了一座木桥以通达岸边。两条河的河岸附近芦苇丛生，一派萧瑟的冬景。

我下车默哀。河风凛冽，像是要将我身体切成细丝。千曲川的水呈蓝色，汇流而来的犀川则有些浑浊。不知少年究竟在何处投河，我也并不认识他，只觉得他死得很不值。此刻，惋惜化作一种伤感涌上我的心头。

"下来看看吗？"

"不了。请你替我看看吧。"千佳女说。

我正准备迈出车门时，听到高高的呜咽声混杂在川流的声音中。我回头一看，千佳女将脸紧紧贴在车玻璃之上。若是一般老人，此刻该是在摆弄佛珠，可千佳女却执拗地将脸靠在车玻璃上，的确与众不同。

少年的尸体保管在何处，要去村政府问了才知道。于是我又一次抓好车门,准备前往河堤对面的村子。

　　　　　　　　　　　　选自《核桃林》①

---
①小说。发表于1954年5月号《新潮》杂志。

信浓·姨舍附近①

① "信浓"为日本古地名，大约与现在日本长野县重合。"姨舍"为长野县地名，意思是"弃母"，该地从古代起便流传着弃母传说："姨妈代替母亲将男子养育成人，姨妈老后男子将其放置深山后归逃回家，当晚见照耀山间的明月之后悔恨不已，又将姨妈接回。"传说版本多样，此为流传最广的一种。详见《大和物语》《今昔物语集》等。

我从那时开始因工作原因旅行的机会增多，每年会去信浓好几趟，只是每次坐中央线①经过姨舍这个建在山腰的小站时，都不能像看其他地方的风景那样，漫不经心地眺望。从姨舍站展望，可以俯瞰善光寺平原，也可以欣赏到物如其名的千曲川呈现出蛇腹般冰冷的光泽，曲折地盘旋在平原之上。倘若是坐信越线②的火车，列车便反过来在中央线上所眺望的那块低矮平原上穿行，一到户仓站附近，透过窗户能从对面丘陵里找到姨舍站，它仅靠红色屋顶彰显着存在感。我时常抱着一种感怀眺望着那附近一带，想着：啊，原来那边就是姨舍啊。

当然，我几乎对姨舍作为赏月名胜地这一性质并不十分关心。我想，月光穿透信浓清澄的空气，照耀在包含千曲川和犀川在内的碧波万顷的原野之上，这番月下美景的确壮观。然而，我曾在战争期间见过照耀在满洲荒凉原野上的月色，不觉得姨舍的月色能美过它。

在我每每经过姨舍站时，心中袭来的阵阵感慨里，毫无例外我年迈的母亲一定会端坐其中。某一次我路过姨舍站，眼中浮现出我背着母亲，在这附近彷徨着行走的样子。

---

①日本铁道线路之一，从东京站出发途经山梨县、长野县最终到达爱知县名古屋站。

②日本铁道线路之一，连接信州（长野县）和越后（新潟县）的线路。起止点分别是群马县的高崎站和新潟县的新潟站。

※

我实际踏上姨舍这片土地是在这个秋天。那时，我因工作去了趟志贺高原，回程路上心中突然冒出一个念头，想去姨舍这片土地看看。我在信越线的户仓站下车时已是傍晚，当晚便住在了户仓的温泉旅馆，第二天叫了车前往姨舍站。

车驶出户仓街区后，一路沿着千曲川向下游行驶。走到半途开始攀爬小山丘。

"但愿不会下雨啊。"

中年司机如是说道。此时整个天空阴霾密布，天气微寒，晚秋的小雨眼看着就要下下来了。

车行途中经过的山林完全是红叶的海洋。枹栎、麻栎等树木都似燃烧的火焰般呈现出鲜红色，淹没了车子的前前后后，唯有零星点缀的松树仍是青绿色。

中途路过了两三个村落，都是从属于更级村的小聚居区。一进村落就能看到，每户人家旁边都有菜地，里面种着萝卜、小葱等蔬菜。

路过羽尾村时，道路前方走过五六个老婆婆。她们齐刷刷地停下来站在原地，好避让汽车。

"老婆子还真不少啊，是不是都被扔在这里了啊。"

我开玩笑说道。

"怎么会。"

司机又补了一句："被扔在这附近，怎么着都能回去。"

"以前这附近也人烟稀少吧。"

"确实人不多，但离村子太近了，扔这附近肯定不行。虽然现在这附近叫姨舍，其实真正的姨舍山是冠着山。从这里看不见，不过马上就能看见了。"司机说。

司机所说的冠着山是中世时期的姨舍山，因和歌而为人所知。

"那小长谷部山在哪里呢？"

我问道。对于这座上古时代的姨舍山，司机师傅似乎全然不知。或者这山现在已经被改作别的称呼了。

三十分钟后汽车抵达了姨舍站。我在站前广场下了车，司机替我带路，我们沿着车站旁的道路向下，去往观月名胜地长乐寺。我缓步下行，一步步走进我曾在火车上眺望过无数次的风景之中。

目之所及，山野各处都是红叶。

坡相当陡，司机师傅走在前头，好似突然想起什么忘掉的事情一般回过头告诉我，

"那就是冠着山。"

车站位于丘陵的腰腹部，冠着山就沉重地矗立在这座丘陵的对面。它的山巅被云雾包裹，山体只有一部分呈现在我

们面前。这究竟是不是姨舍传说的那座姨舍山我不得而知，不过冠着山又高又远，的确并非轻易就能攀登。倘若我母亲看见这山，应该也开不出玩笑，说想要被扔在这山里吧。

可是我立马推翻了自己的想法。我自作主张肆意想象着自己心中的姨舍山是什么样子，还在脑海中描绘出一个背着母亲在山中彷徨的自己，但母亲就是母亲，她或许和我完全不同，她想象中的姨舍山有可能就是冠着山那样陡峭的大山也说不定。

姨舍山本来就该是这样的山。想想也是，不论是清子还是承二①所热爱的姨舍山，比起自己脚下这座满山红叶的和缓小山丘，还是险峻的冠着山更贴近它应有的样貌。

下坡途中，看见几块大型石刻诗碑集中竖立在山丘斜面之上。石碑表面的文字已消散得所剩无几，究竟是古时所刻还是近代才有，无从得知。不过可以推测，碑上刻的应该是在此赏月后写下的和歌、俳句和汉诗之类。

继续往下走，又见到了几座诗碑竖立在斜坡各处。一想到这些诗碑被月光照耀着的样子，不知为何我却无缘感知其中的诗意风流，心中反而毛骨悚然。

不一会儿道路延伸到了一块巨大的岩石之上，岩石本身

---

①清子与承二都是《姨舍》中的人物。清子为主人公"我"的小妹，丢下丈夫和孩子独自生活。承二则是"我"的弟弟，本来在一流报社工作，但因为厌倦工作内容曾向哥哥"我"吐诉，后来辞职回到老家附近的银行上班。

自然形成了一面断崖。这石头被称作姨石。据说是被舍弃的老母亲幻化而成。听着让人害怕。不过站在岩石之上眺望善光寺平原,风景的确美不胜收。千曲川在平原中央流淌,村庄散落在一整片金黄色的原野之上,隔着千曲川迎面的山丘也被红叶烧得一片火红。

姨石一旁,陡峭的石阶被小小的如血色般红彤彤的枫叶掩埋,下到石阶底部,长乐寺窄小的院坝里银杏叶铺成一面金黄。

长乐寺居住区前只有几个孩子在游玩,我们叫了几声也不见里面有人出来。

我们走进一间叫观月堂的小建筑,稍作休憩。堂上奉纳的匾额以及绘马①的表面都久经年岁完全剥落,现在看上去不过是几片普通的白色古木板而已。

"比起月亮,红叶好像更好看些,对吧?"

司机所说也正是我心中所想。

平原的一角突然升腾起轻烟,刚听到秋雨到来的声音,雨珠便洒落在我们周围。我们赶紧起身离开。

选自《姨舍》②

---

①也译作"彩马"。为向神佛祈祷或还愿而制作的木版画。通常会写上自己的愿望。

②小说。刊载于《文艺春秋》1955年1月号。

从上高地到德泽

下午两点一到松本，鱼津和小薰两人即刻在车站前坐上出租车前往上高地。

一出市区，道路两旁都是苹果地，苹果树上的白色小花开始吐露芬芳。这让人确切感觉到已经来到了五月的信浓。

"呀，八重樱开着呢。"

鱼津顺着小薰的喊声往窗外一看，农家旁的八重樱的确正开着，红色的花瓣有些走样，沉重地挂在树上。

小薰第一次在这个季节来信浓，所以映入眼帘的所有事物对她而言都很稀奇，她一直将视线投向窗外。于是，"哎呀，那是棣棠。""哎呀，那是紫藤。""那是木兰。"她那短促的喊叫声不绝于耳。

鱼津每次听到，都会将眼睛移向窗户，看那些棣棠、紫藤以及木兰之类的东西。小薰清亮又短促的话语有种魔性，使鱼津不得不这么做。

"这条河是梓川。"

当梓川的潺潺流水第一次显现在汽车右手方向时，鱼津告诉小薰。

"嗯，这是全日本最美的河，对吧？"小薰说。

"是不是日本最美的还不确定，不过的确很美就是了。"

鱼津这么一说，小薰接过话茬，"我哥说这就是全日本最美的河。我从小就被哥哥数次这么教育，不知不觉就已深信不疑了。"

"所以说教育很可怕。"

鱼津这么笑着说道。

"哎呀,"小薰的表情中稍带些愤怒,紧接着又说,"我哥还教给我另一个日本之最。"

"什么?"

"这可不能说。"

小薰莞尔一笑,将视线从鱼津身上移向窗外。

"不能说?"

"是。"

"为什么?"

"不管因为什么都不说。"

说完,小薰嘴里迸发出捧腹般开怀的笑声。

"应该是说我是全日本第一的登山家吧?"

"咦?"小薰吃惊地说道,接着她又明确否定,"不是。"

"全日本第一的登山家必须是登山家啊,难道我哥说的是登山家的预备力量吗?"

"预备力量?"

"对啊,毕竟我哥可是在我还很小的时候说的。"

鱼津看着小薰一本正经解释的样子,从中寻找到了她纯洁又专一的心灵,和她哥哥小坂一模一样。

车经过一座座村庄,沿着梓川上溯。四面八方都是嫩芽营造出的新绿的世界,整个车身似乎都要被染作绿色一般。

从车里可以看到对岸的山丘上,晚开的山樱花混杂在杂树林的绿色中绽放。樱花瓣与其说是红色,不如说更接近白色。春天唯独被悄悄遗留在了那个地方。

刚进入泽渡村,鱼津就让车停在了上条信一家门前。四十多岁的上条夫人听到动静立马从屋子里背着孩子飞奔出来,说:

"孩子他爸前天和吉川他们一起上山了。"

吉川就是先遣队中的一员。估计上条信一一听是去挖小坂的尸体,便匆匆忙忙也加入了队伍。

汽车又启动了,走了一会儿又停了下来。这次停在了西冈商店前。小薰提着从东京买来的特产飞奔下车。

鱼津朝着来到街边的老板娘说,"回程时我再来。"

鱼津只在车里打了声招呼,并未下车。他不忍将时间浪费在半路上。他想马不停蹄地赶快见到先遣队的兄弟们。

西冈商店与以前完全不同。面向大街的那道玻璃门大敞开着,店内一览无余。原本放暖炉的左手位置,放了个木箱,好像是养了什么动物。两个小孩子在那里盯着看。

"大婶儿,咱是养了什么东西吗?"

"狸猫。"

"养的东西可真不寻常啊。"

"下来看看呗。"

老板娘说话的语气听起来好像养的是自己的子女一样。

"返程时我一定仔细瞧瞧。"

小薰一上车,车立马发动了。没多久就传来车辆嘎哒嘎哒的声音,车穿过了一座危险的木桥来到对岸。道路从那一段开始,变成了紧贴断崖的陡坡。

釜隧道①也只有入口附近有些残余的雪块,冬天的装束已被彻底舍弃了。

出发后两个小时整,两人终于到达了大正池。

"这里已经是上高地了,对吧?"

小薰心中的无限感慨写在脸上,突然出神地看着窗外奇异的风景。大正池的水稍有些干涸,水中几十株枯木依旧伫立。水面没有一丝波纹,寂静无声。此刻的湖面比鱼津以往任何一次见到的都要沉静。

透过汽车的左侧窗户可以望见前穗高岳,然而鱼津对此一言不发。不知从何时起,只是将前穗高岳的名字挂在嘴边心里就很难受了。

鱼津想,倘若小坂的尸体被找到了,到时候肯定会麻烦

---

①位于长野县道24号上,是进出上高地的必经之路。因附近梓川升腾的水汽看起来像煮沸的水而得名。

旅店的看守，于是便决定先去跟看守T先生打声招呼。

一幢有着红色屋顶的漂亮旅馆牢牢闭锁着，汽车驶过旅馆门前，穿过布满大叶竹的路停在看守人小屋的前面。

冷杉树干制成的标牌上写着"登山小屋季节外管理所、北阿尔卑斯山脉登山小屋公会"。T先生除了是旅馆的看守，还负责冬季所有登山小屋的管理，所以每每发生登山事故，T先生和他几位同是值班人的部下都很忙。

然而，看守人小屋里只有三四天前上山来的一位三十五六岁的女子，好像是位雇员，她一个人在小屋前端出盆子洗衣服。听她说T先生昨天下山去了松本。

"那吴①先生呢？"

鱼津说出了T先生其中一位部下的名字。

"刚去砍柴了。你们去河童桥的路上应该会遇见他。"

"那我们去那边看看。"

鱼津和小薰又上车，经过旅馆门前往河童桥方向而去。

没过多久鱼津便看见道路右侧稀疏的林间，三四个男子正在砍树。阳光正好暗了下去，男人们矮小的身姿让人倍感凄凉。

鱼津下了车，将双手靠在嘴巴两侧，朝着男人们所在的方向大声叫道："吴先生！"

---

①吴为日本一姓氏，罗马音念作"ku re"。

没多久，就听到一句"诶!"的应答声传了回来。接着三四个男子慢悠悠地从林间移步下来。

"是鱼津先生啊。"

先走近的那位男子说道。他看起来五十多岁，满面通红，表情一看就很淳朴。还没等鱼津开口，他又说："是在B低地吧，小坂遇难的地方。你们现在准备去德泽低地看看吗?"

"吉川他们前天就来了。"

"见到他们了。不赶巧，T先生不在。"

"到时候可能还会找吴先生你们帮忙。"

"能帮上最好了。有情况我们随时出门。"

对话到这里结束。

汽车再次启动。到了河童桥，鱼津和小薰下了车，背上了登山包。从这里开始汽车就进不去了。

河童桥附近有好几家旅馆，往常年份的话一到五月就开始营业了，今年普遍都迟了些，每家旅馆都大门紧闭。

鱼津和小薰与司机告别后，立刻迈开了步子。从大正池开始，小薰几乎一言不发。鱼津也没主动跟小薰搭话。仿佛有人命令他们，踏入小坂乙彦长眠之地后不能开口。

鱼津走在前面，隔了一两间的距离小薰紧随其后。两人走在林间小道上，小薰一旦慢了落在后面，鱼津就停下来站着等小薰。小薰走近了他又迈开步子。

两人来到一座土桥之上,鱼津终于打破沉默。这土桥架在即将汇入梓川的小溪之上,据传这里是眺望明神岳最佳的地方。

"能清楚地看到明神山,对吧?"

听鱼津这么一说,小薰抬头望了望梓川对面高耸的山峰,说:"山上还有好多雪呢。"

山腰处积雪依旧很多。山顶的一部分因迅速流动的水汽而无法看清。

快到明神池时,鱼津不自觉地在一片小池子前停了下来。池子周围聚集了好几百只青蛙,数目庞大,它们一直在大声鸣叫。

"呀,好多青蛙。"

小薰也停下了脚步。

鱼津脚下落满枯叶的地面之中,一部分突然隆起,他猛地看到青蛙从那里缓缓探出头来。仔细一看,四面八方都是想要冒头的青蛙。看来青蛙们经历了漫长的冬眠,醒来后正一同沐浴着地上的春光。虽然洒在这附近的阳光已很微弱,但环境还算幽静寂寥,适合青蛙们从地底飞蹦出来。

青蛙们快乐极了,整个那一片区域里它们搅和在一起,到处欢跳着。

"简直就是青蛙的运动会啊。"

小薰说。鱼津注意到好像雄蛙正在追逐雌蛙,于是赶忙催促小薰,"要迟到了。赶紧走吧。"

走到去往德本垭口的分岔路口时,两个人同时停下了脚步。一阵挥动翅膀的剧烈声响从附近树林中的某地传入他们耳朵。

"什么东西?"

"老鹰吧?"

可鸟没见着,扇动翅膀的声音却断断续续持续了一段时间。

不一会儿,梓川的河岸出现在路边。

"到这儿还是望不见吗?"

小薰说。她指的应该是哥哥发生事故的前穗高岳东壁。

"得走到德泽才行。"

鱼津答道。过了一会儿,小薰又说:

"你知道我现在在想什么吗?"

"不知道。"

"我在想为什么我生来不是个男的。要是个男的,我从小就跟着哥哥去爬山了,也和鱼津先生你一起去爬山了。从很久以前开始就可以了。"

小薰说着说着,自己走到前头去了。

六点，德泽小屋那栋两层高的房子透过树林进入鱼津的视野中，真让人怀念。屋前广场上只有角落附近零星地残留着积雪，屋子周围的树木都绿叶繁茂。

小坂发生事故之后鱼津独自在这里生活了几日，那时的痛苦，直到现在还历历在目。那时，小小的雪片一刻不停地飞舞着，似要将整个空间填满；风声呼号，时间沉重地嘎吱嘎吱地摩擦着流逝。然而，这一切与现在眼前的德泽小屋已完全无法联系起来。小屋只是安静地伫立在五月的夕阳中。

选自《冰壁》[1]

---

[1] 小说。1956年2月至1957年8月连载于《朝日新闻》上。

信浓·大町附近

杏子坐上了二十二点五十五分从新宿开往长野的准急列车①。杏子以往返乡时大都走信越线，所以对中央线不太熟悉②。

到达松本已将近早上五点。开往信浓大町方向的接续列车按理应该从站内其他月台始发，于是杏子提起包，脚步飞快上了陆桥。杏子觉得天冷极了。可能跟没睡好也有关系，但的确气温跟东京完全不同。

杏子还在上女学校时来过两三次松本，但去大町还是第一次。幼时听闻过大町是座山城，想着有机会一定要去一次，没想到竟然因为这种事而来。杏子昨晚打电话跟女校时同级的同学确认才知道，新闻上报道的克平遇难之处"平村鹿岛"就在距信浓大町三里路程的地方。

列车业已进站，杏子赶紧进了车厢。因是始发列车，车内空荡荡的，只有几位乘客。透过车窗极目远眺，可以清楚地看见后立山连峰的山峦飘浮在清晨碧蓝澄净的天空中。每座山靠近山顶的褶皱处都有几条白色的雪带。

电车在各个小站走走停停，一个多小时后到达信浓大

---

①日本火车快慢分类之一。通常比"急行"或"快速"慢，比站站停列车快。

②有关信越线和中央线参考《信浓·姨舍附近》一篇相关注释。东京至长野县若走中央线大多由新宿始发往西到达松本站，走信越线则从东京站始发往北到达长野站。

町。车站里准备前往松本上班的人们开始聚集起来。杏子听朋友说站前就有出租车，不知是否因为是清晨，竟然一台车也没看见。

杏子发现车站附近有家餐馆，便走了进去准备休息一下。一位五十多岁样貌的老板娘端了杯茶上来。

"请问去平村的鹿岛坐车能到吗?"

以防万一，杏子还是问了一句。

"能到。"

"大概要多久呢?"

"可能要一个小时左右。距离虽说只有三里，但毕竟是山道嘛。"

老板娘说话时的口音杏子听着很亲切。

"您去鹿岛做什么呢?"

老板娘目不转睛地盯着杏子那身大都市打扮的服装说道。看来老板娘心中犯嘀咕，穿着一身都市休闲服装出门的杏子去只有登山者才会去的地方干什么。

"有点事儿。"

杏子回答得模糊不清。杏子想，问问老板娘知不知道克平出事的事情，或许能知道后来发生了什么，但是开口问这事还是太令人恐惧了。

"今天的报纸到了吗?"杏子问。

"按道理差不多该到了啊,怎么还没来呢?"

老板娘说。老板娘那句"怎么还没来呢?"给杏子一种不祥的预感。昨晚上了火车后那种不安多多少少消解了些,可到了现在她的心里又给闹得不安宁。

杏子拿出昨晚出发前急匆匆购买后放进包中的三明治,就着店里的牛奶送入胃里。

"从这里能看到鹿岛枪岳吗?"杏子问。

"从街上是看不见的。不过我家背面能看着。今天天气好,应该能看得很清楚。"

杏子听闻后便从店中走出,来到户外,穿过房子旁边的小巷到了后院。刚刚透过电车车窗看见的那几支山顶上仍有雪线的山脉,此刻生出几块体量巨大的峰峦,高耸入云。

后院的井边一个十二三岁的少年正在洗脸。杏子问他哪一座是鹿岛枪岳。

"这座是爷岳,它对面就是鹿岛枪岳。"

少年指着远方的山脉,半露羞赧地说。

"分南枪和北枪两座山头。"

杏子将视线投向北枪那尖尖的山峰,看了一会儿后,她向少年道谢,然后回到了店里。

此时站前已有出租车了。杏子立刻结了账走向车子所在地。跟司机交涉过去鹿岛的价格后,杏子上了车。

"您去鹿岛有何贵干？"

车刚一发动司机便问。看来司机也觉得杏子去鹿岛不可思议。

"一位熟人去爬鹿岛枪岳了。我看到报纸上说有人遇难了，很担心所以就过来了。"

杏子诚实地回答道。

"原来是这样。那的确是让人担心啊。"

司机说。他好像没看过报纸的报道，也没听过关于此事的传闻。当然也有可能这片土地的人对于登山遇难已习以为常，不会神经过敏了。

司机是位三十岁左右身材健壮的青年。他说，"什么啊，没事儿的。这种事情很少发生的。就算出事了现在也应该被救助了。"或许他以为这是对待客人该有的礼貌态度，才说这些毫无根据的宽慰之话。接着他又问，"是您什么人啊？兄长吗？"

"不是。"

"令弟？"

"不是。"

"那是您的丈夫？"

"不是。"

"那是父亲？"

"就是个熟人而已。"

杏子回答。杏子无法撒谎。这么说了之后,杏子意识到自己现在的确只不过是在意一个熟人的安危,而急急忙忙赶往鹿岛枪岳山脚的村落而已。

一出城市,鹿岛枪岳便开始在车前展现它巨大的身姿。从车窗吹进来的风很冷,杏子关上了窗。

年轻司机爱聊天,一边在凹凸不平的地面开着车,一边说着各种话题。或许他也并非爱聊天,只是想用他自己的方式为这位担心朋友安危而来到山脚村庄的女乘客排忧解难罢了。

杏子意识到这一点后,便忍住了对方的聒噪,与他交谈起来。

"鹿岛这个村庄里只住着平家战败后逃亡①来的十二户人。从古至今行成了一个惯例:长子继承家业,其余子女离开村子。所以村子居民一直保持为十二户,没有增加。不过今年七月一日开始,大町也要普及市制了,鹿岛也被包含在大町市之中了。"

司机这么说道。不知何时起车子开始进入了上坡路段,右手边落叶松的树林绵延不断。林子一过,夏草丛生的原野

---

① 日本平安时代末期,同为武士阶层的源氏和平氏争斗,最终以平氏战败,源氏获胜建立镰仓幕府而告终。

又铺陈开来，那不知名的蓝色小花看着像是桔梗，点缀其间。

没多久，汽车过了河，路变得更陡峭了。河滩宽阔又荒凉，荒凉到让人联想到月夜的那种凛冽和凄凉。

据司机所说，这条河叫鹿岛川，进入大町之后叫高濑川，再往下游又叫犀川，然后叫信浓川。杏子的故乡就在犀川沿岸，一想到眼前这条溪谷中的河水要一路跋涉流到自己家乡去，心中多少还是有些感触。

"马上到鹿岛了。"

司机这句话让杏子心头突然一紧。一看，阶梯状的地势之上的确有农家星星点点散落其间。

克平出发之后去的据说是一个叫大根治五郎的家。这家人的屋子在仅有十二间住户的村子的大约中间位置。车停在大根家入口处徐缓的坡道下，杏子独自走进了家门。

屋子呈长方形，一楼和二楼间有个夹层，屋顶压着石头，这地区所有的农家都是这副模样。从土间①进门后，只见尽头处支了个炉子，一对六十多岁的夫妇正穿着工作服在烤火。

选自《明日将来之人》②

---

①泥地房间，没铺地板的房间。旧时的日本农村住宅中普遍存在。
②小说。1954年3月至11月连载于《朝日新闻》。

八岳高原

巴士开进位于甲府盆地边缘的韭崎市区时，阴霾的天空中开始飘起雪花。倘若在晴日，从巴士的左手方向应该能远远地望见八岳、甲斐驹岳等群山，可现在视线完全是模糊的。

出了韭崎市区，巴士就开始沿着新府之丘的山脚行驶。反面一侧平缓的丘陵将斜坡插陷入盐川之中，眼看着就变白了。

"好冷啊。"

箕原两手揣进大衣兜里，身体僵硬。清子预料到会很冷，便穿上了足够防寒的服装，所以并未觉得有多冷。

※

巴士没多久就开进了中村村落。道路两侧都是麻栎和朴树的丛林。朴树的枝条上一片叶子也不剩，麻栎树上的叶子则呈现茶褐色，完全枯萎了。稻草垛上、木材上、道祖神上、装炭火的草包上都积起了雪。

不知何时起，道路开始沿着盐川向前延伸。因为从韭崎到八岳山脚的路要改换方向往西北前进，刚才还与道路平行的中央本线的铁轨现在已经和我们完全岔开了。

巴士进入了须玉町穗足村。到了这里，去清里的路就已经走了一半。雪依旧下个不停。不知不觉中车窗外的山野都被白色包裹起来。

不一会儿又到了若神子村。从此处起进入上坡路段。这里像是个古村落，到处都能看到古色古香的大屋子。虽然同样是穿行在山梨县内，而且还是离甲府没多远的地方，可在清子眼里所有东西都很稀奇。

很快路边不再有人家，巴士终于开进了山里的风景之中。因为要避开施工路段，走迂回路线，巴士突然从平坦大道进入了坡度陡峭的路面。到达山坡顶端时，箕原不自觉地叫喊道，"真壮观啊。"

不过，清子只是沉默地点了点头，她苦闷到连开口说话都觉得抑郁。小杉应该已经不在了吧。不知从何时起，确信他已离开的情绪取代了确信他依然在的情绪，开始占据清子的内心。

原以为丘陵之上全是杂树林，没想到却是种满桑树的广阔台地。从中丝毫感觉不到高原的气息。巴士在仅够一台车勉强通过的又窄又颠簸的道路上行驶了很长时间之后，终于到达了一个有车库的村庄。

从甲府到这里，每经过一个村子都有不少乘客上下车，这一站下了大概五六人。停车时间很长，等到最后终于没人再上，重新发车的时候，车内算上司机仅剩六人。

或许是人少了的缘故，清子也感觉到了从足底蹿上来的寒意。

台地对面只能看见山脚的样子，刚想着巴士应该是往那个方向走，巴士就突然开始急速下坡。数十户居民居住的村子静静地躺在狭谷底部，巴士开进村子时清子才知道村子名叫"长泽"。清子回忆起小时候家里的女佣老是长泽如何如何，自豪地说着自己家乡的事情。女佣的名字和样貌都忘记了，不可思议的是长泽这个地名倒是清楚地记得。

过了长泽，车开始真正意义上的爬坡。道路呈"Z"字形蜿蜒上升。巴士的轮胎套上了防滑链，陷入新落下的雪中，巴士气喘吁吁地攀爬着。透过车窗看到对面像驼峰般的山峦重岩叠嶂，巍峨而立。可能是为了能更好地运送木材，道路修葺得很平整。不知不觉右侧车窗边已是断崖绝壁，悬崖下方深邃的溪谷张开大口。谷底那股细小的溪流就是盐川的上游，视野中唯有它呈现出碧蓝色。

爬到坡顶后，巴士又开始在台地之上行进。台地宽广又和缓，上面既有森林、村落，也有满是落叶松的小山丘。

雪小了，似有还无一般，可是远方的视野依旧不佳。清子擦了擦起雾的窗玻璃，一直望着车外。旁边坐着一位六十多岁的老爷子，估计是本地人，也不知他是如何理解清子的行为的，说道："这条道路的前头本来可以看到八岳中的赤岳的。不赶巧今天看不见了。"

※

没多久，原本空无一人的雪道上，几个放学回家的孩子一起走了过来。他们就这样闯入了清子的视野中。四下一片雪白之中，孩子们红色的毛衣显得格外艳丽夺目。

平缓的坡道上能见到人家了，此刻乘客被告知已到达终点站清里。清子想，总算到达目的地了。清子瞬间被一股念头击中，她感觉命运究竟如何，一切都将在这里有个决断。

巴士到达小海线清里站前后，清子提着行李下车，第一次踩在了雪上。雪只积了十厘米不到，但巴士好像历经千辛万苦才来到这里，它巨大的身体中不断吐出白烟。

清子和箕原飞快跑进站内的候车室。山顶吹下来的风萧瑟凛冽，人根本无法在户外站立。候车室里，只有一个没有热气的暖炉放在正中，别无他人。一看时刻表，列车每隔三小时一趟，一天只有六趟车经过此站。而且大都是在同一时间上行和下行列车在此站交会。

小海线的慢车很有名，清子来之前就知道。不过清里站是全日本海拔第二高的站，这一点清子来了才第一次知道。

"接下来怎么办？"

箕原望着写有"清里站"几个字的大钟说道。

选自《某个落日》①

---

①小说。1958年4月至1959年2月连载于《读卖新闻》。

诹访湖

巴士不知从何时开始一直沿着丘陵脚下行驶。湖岸沿线断断续续能看见葡萄田，田地中间安插着五六户人家规模的聚落，大小还称不上村落。巴士时不时地蹦起来，飞奔在这千篇一律的单调风景中。

我在有两百户人口的大畑村的村口下了车。下车后正前方就是佐和他家。

"也就坐大巴方便，家门口就有站。"他说。

他家是座小平房，房子四周是扁柏围成的矮篱笆。窄小的门柱上挂着一张门牌，上面写着"大畑水闸管理所员工宿舍"，旁边还并排挂着另一张门牌"佐和三男三郎"，能认出这是用粗体笔写上去的。

"水闸在哪个地方？"

我在进门前先问了问佐和。他家门口隔着一条路就是诹访湖岸。这附近湖面比道路低两三尺，靠湖一侧的路基都用岩石和混凝土加固了。

"前面尽头拐弯后没几步路就是水闸了。你听，能听见水流声吧？"

他说了之后，自己也做出侧耳倾听的姿势。的确能听到从某个地方传来大量水流泻落的声音。佐和住的宿舍正背面是杂树繁茂的丘陵。这丘陵仿佛是从一侧抱住宿舍一般，下摆一直延伸到湖岸。道路也是切开丘陵的延伸线而建造的。

虽然从此处无法看到，但路的尽头处转个弯，正对面就是天龙川的流水口，据说调节水流量的闸门装置也建在那里。

我在踏进佐和家门的同时，再一次将视线投向诹访湖的湖面。似乎微风稍起，春日夕阳的光照中，无数细小的三角波好像汗毛竖起的野兽皮一样，覆盖住了整个湖面。波浪也和泛黑的湖水一个颜色。

※

第二天，我在佐和家用过第一餐早饭后，散步的同时顺便去参观了这个村庄古时就很有名的观音堂。观音堂建在紧逼湖岸的巨大台地之上，距离宿舍有两三丁远。

从大路转弯进山，沿着窄小徐缓的坡道往上，中途经过一扇古老的小门，门上挂着写有"龙仙堂"三字的木制匾额。门柱上附有明治二十八年（1895）四月的日期，还有采灯护摩执行[1]和大般若修行[2]的日期也写于其上，不过因墨迹已变淡许多，判读起来很困难。

穿过门口，窄小的参拜路持续了半丁左右，道路两旁栽

---

[1] 日本修验道的祈愿方式之一。通常会将护摩木或薪柴烧掉，以祈祷人世烦恼烟消云散。
[2] 佛祖面前念读《大般若经》的仪式。

种着整齐的杉树。或许是盛行风的缘故，每棵树都是东侧的枝条少一些，像是被剪掉了一样。

房子是哪个年代的建筑已无从了解，门柱上挂着巨大的牌子，上面写着"西国百所观世音菩萨"，旁边还写有"十一面观音"几个字。我本想瞻仰一下供奉的主佛十一面观音，可佛堂的门扉紧闭着。我想反正以后每天都会来这里散步，就留给下次吧。

从此处眺望诹访湖，风景十分美丽，与昨日坐巴士来的时候看到的单调风景截然不同，或许是因为从高处俯瞰的关系吧。湖岸边樱花盛开着，看着像棉团被撕碎后散落各处。天空多云，春日暖阳照耀着大地，天空多云，目之所及之处显现出或明或暗的光彩。正前方稍稍靠右的位置上，八岳依旧身披雪袍。

选自《末裔》[1]

---

[1] 小说。发表于1953年10月号《新潮》。

天龙川沿岸

我和香宫是在三月还剩两三天的时候出的门。我们乘坐早班火车离开东京，正午时分到达滨松，下车后即刻乘上R组提前安排好的车赶往佐久间。

车子穿过滨松市区繁华地带之后没多久就进入三方原，这原野与武藏野有相似之处，我们沿着横穿原野的街道往北行进。三方原高地离滨松约二十公里，高地东端就是二俣。即将进入二俣市内时我们第一次遇见了弯曲而宽阔的天龙川。过河之后我们就进入了小丘陵对面那个拥有战国时代知名城郭的城市。二俣是个柿子树嫩芽十分美丽的安静小城，街上道路弯弯折折，小巧的屋舍宁静地排列其间。

穿过二俣街区之后一会儿，我们又在光明村的船明村落进入刚刚见过又草草分别的天龙川的河岸。从此处起一直到佐久间，道路一直沿着天龙川延伸。我是第一次走这样的沿河道路。河流对岸多是淡竹丛，我们这一侧则是菜地，青色的麦子与黄色的菜花交织成各色的横条纹形状。这样的景致持续了一会儿，不知不觉周围渐渐变窄，道路开始一直贴着山麓穿行。路边靠河流一侧种着樱花树，所有树木上都开满了樱花，正好都是今天或明天达到满开状态。

"完全没想到能在这个地方赏樱花。"

香宫将自己重达二十贯[①]以上的身体贴在汽车后坐垫

[①]重量单位，1贯约合3.75kg。20贯则为75kg左右。

上，保持后仰的姿态说道。我也没想到会在这里偶遇盛开的樱花。一路上走啊走，樱花树沿着天龙川等间隔栽种着。我们在车里一边摇晃着，一边长时间欣赏着樱花树下部枝条上开着的花，还有在繁花间不时露面的天龙川的碧绿色河水。

不期而遇的赏樱兜风持续了一小时左右，车子过了横山桥之后首次来到天龙川的左岸。从这附近起樱花树渐疏，杉树林多了起来。对岸斜坡上星星点点地能看见土仓结构①的民居。道路附近的农家像是约好了，每家背后都能见到夏橙树。

车子进入泷山村后不一会儿，对岸山丘上秋叶第一水电站的工人食堂就开始进入视线中，没多久秋叶水电站的大型施工现场也出现在比道路低很多的河滩之上。

选自《河流的故事》②

---

①日本传统民居的建造方式。因构建方式像土仓库而得名，建筑时会添加许多泥土，有防火功效。
②小说。发表于《世界》1955年7月号。

在弁天岛

去年冬天，为了见一个叫三卷飒次的人，我在滨名湖中间的一个小站弁天岛站下了车。那时是二月初，风刮得猛烈，我下到站台后外套的下摆突然就被吹得吧嗒作响，为此我不得不背对着风来的方向，暂时保持原地站立。不过我后来才知道，那天的风并非格外猛烈。弁天岛每天一到午后，就会有难辨方向的大风从湖面吹来，走在小岛任何一处地方，黄沙都会吹击面庞。所以，岛上的居民时常会在风中停下脚步站立，紧闭双眼防止沙子进入眼中。我在岛上期间也这么做了，不过这倒是让我乐在其中。自己因为转了个身，眼睛再睁开的时候，远远地看见滨名湖流入外海的豁口处白浪碎裂翻滚的样子，感觉十分新鲜。

到达弁天岛的当日，我就入住了车站附近松林中的一家旅馆。房间在二楼，是间不大的湖景房。檐廊上放着刚够坐下一个人的小藤椅，我坐上椅子往湖面望去，湖面十分宽广，灰色中不带一丝蓝色。湖面上等间隔地插着采海苔用的枝条，一直延伸到远处，以此判断湖底应该极其平坦，看上去就像是静静地注入了约一尺深的水。

我要找的三卷飒次家住在对岸的M村，那村子靠一座长桥与弁天岛相连。这位三卷飒次的名字我也是在决定要来找他的那一刻才知道的，此前我并不知晓他真实的姓名。关于此人我只知道他曾经用印有我名字的名片在纪州①山中的温泉地住了一个月。说白了，我来弁天岛就是要撕掉我的这位冒牌货的伪装。

※

我从旅馆女佣口中得知，去M村大致只需要步行十五至二十分钟。于是立马决定去M村的川崎理发店会会我这位冒牌货。出了旅馆没走几步我就上了连接对岸M村的长桥。桥上没有任何遮挡，我一副要被吹跑的装扮，通过了那座没有任何人通行的桥。还有另外一座供火车通行的铁桥与这桥平行，但稍稍高些，我走到一半，看见火车通过时，像玩具一样颤颤巍巍的，就快要滚落下来。

※

我在旅馆卧床了三天。每天都只有早上状况稍微好些，能起床进食。到了下午又开始头痛只好继续躺下。我一直在想，三卷飒次这家伙到底要作祟到什么地步。

① 日本古地名，包括现在的和歌山县以及三重和奈良县的一部分。

我吃早饭时总是会远眺被海苔寄生的枝条像铁网般围住的湖面。那片由枝条构筑的原野在尽头处有个小洲，上面有两个小小的人影，正拿着篮子状的工具舀起沙子往小舟中转运。因为隔得远看不太清，但大的人影应该是位女性，小的人影好像是位少年。

我从第一眼看到他们起，就从心里认定他们是一对母子。两个人影有时会重叠到一起。在我看来，这多么像是母亲在抚慰孩子的辛苦劳作。

※

我朝着川崎理发店主人离去的方向走去。没多久便到了我之前患感冒的那座桥反方向的桥上。我走到桥旁，湖岸上售卖赛艇[1]票的屋子和周围聚集的人群映入我的眼帘。

人群中间响起了喊叫声。过了好久我才意识到，湖面上插着黄色的旗帜，那附近有几艘摩托艇，车体完全浮在水面之上，弹跳一般地在飞驰。绝大部分赛艇在有旗帜的地方急转弯时横着倒下，之后又重新调整姿势再次启动。每辆赛艇的身后都摇曳着又短又白的波浪。感觉他们并不是在开摩

---

[1] 一种赌博游戏。和赛马（赌马）、赛自行车等赌博形式相近，确定支持选手及其赛艇并下注，赢的话分得相应奖金。

艇，而是在水面上飞跳着前进。

我在桥上站了三十分钟左右，看了两轮比赛。

那座桥上既看不见母亲和少年劳作的小洲，也看不到插着采海苔枝条的湖面。只有弁天岛北侧狭窄的水路呈现出碧蓝澄净的色彩。

※

第二天，我决定坐下午的火车回东京。我稍微提前结完了旅馆的账，拿着包准备从川崎理发店所在的M村的车站上车。我想，好不容易来了一趟，最起码也要看看我的冒牌货三卷飒次长什么样子之后再走。

这天天气晴好，万里无云，但强风依旧吹个不停。我竖起了外套的领子，又一次走过了长桥。到了川崎理发店里一看，店里很冷清，一位顾客也没有，店主在看着旧杂志，阳光透过玻璃窗洒在他的身上。

"昨天怎么样？"

我这么一问，鹰钩鼻的店主用一种像是把什么东西嚼碎了又吐掉一样的口吻说，"肯定没戏啊，那种家伙。"

紧接着又补了一句，"不过周日应该会让我赚回来点了。"

"那位画家怎么样呢？"

我以这样的称谓称呼我的冒牌货。

"你说小飒啊?他那样肯定不行啊。他一心给冷门选手下大注,要是中了当然赚大发了,哎,但就是一辈子也中不了吧。"

店主说的是赛艇赌博的事情,但我听着像是在说三卷飒次的人生。

"他在吗?"

"你说小飒啊?"

"对。"

"他去抓鳗鱼仔去了。在没在那边啊?"

店主冲着后门方向抬了抬下颚。

"鳗鱼仔也能钓上来吗?"

"什么啊。他开船去用网捞的。鳗鱼仔也就这么丁点儿大小。"

店主用手指示意我大约有五分到一寸[①]的大小。

我拜托他让我穿过店内,到了屋子后门。地基看起来是填埋起来的,湖岸边堆叠着石头,附近则是沙地。

"在吗?"

主人后来也出来了。然后他远眺湖面后说,"那边那些船都是在捞鳗鱼仔的。"

[①]一寸约为3.03厘米。

这里整个湖面上也都插满了采海苔的枝条。但是，远远的前方没有枝条之处能看见几艘船浮在湖面。

其中一艘船在枝条与枝条之间快速行进，船上无人划桨。

"那附近水是流动的吗？"

我指着那个方向问。

"船在动的地方的水都像河流一样，是流动的。"

主人告诉我。从岸上看，好像整个安静的湖面都插着枝条，但经店主提醒后才发现，原来如此，插满枝条的地带四处都能看到有带状区域，什么东西也没插。船在那附近都是不用桨就能行进的。

湖中的河正在这个包围着弁天岛的安静的湖泊里四处流淌。

"去哪儿了呢？"

店主抬起手遮住阳光，四处张望寻找着我的冒牌货。

选自《湖中的河》[1]

---

[1] 小说。发表于1955年3月《文艺》杂志。

渥美半岛和伊良湖角

午后，杉原穿着和服便装就出了门。他大概估计了下情况之后，就往海的方向走去。

低矮的海堤包围着住着五十户左右居民的村庄，松树稀疏地生长其间，可以看见堤坝上有行人走动，杉原逐渐远离村子，向堤岸靠近，这时道路上的白沙也随之增多。

杉原爬上海堤一看，下面是五十多米长的沙滩，平缓地倾斜向海面，可能是被阳光照射的缘故，远州滩①的海水泛着浅蓝色，海面广阔且宏大。

在杉原的想象中这里应该是一片醒目的深蓝色海面，没想到竟然是微微有些浑浊的蓝色。波涛十分汹涌澎湃。目之所及所有地方的波浪都一副尖酸刻薄、不甚欢喜的表情，细小的三角波相互撞击着。波浪的形状完全是冬季的样子，但海面的颜色、散落其间的阳光却都是春天的模样，这样矛盾的风景让杉原心生困惑。

这个小半岛环抱渥美湾，凸向远州滩的洋面，杉原以前就知道它以气候温暖著称，但实际置身于这片土地的风物之中，感受着冬日里春天般的温暖，只是从能见家走到海堤，杉原心中就已感到不安。杉原有位前辈，是S会的一位画家，他一直在画这座半岛的风景，可杉原总感觉前辈的画作

---

①日语中"滩"指流急浪大的海。远州滩指日本静冈县御前崎至爱知县伊良湖角的太平洋近海。

无论是色调还是构图都缺点什么。如今身处这片风景中，杉原可以确认，当初看画时的焦虑感其实是这片风景自带的。

站在海堤上眺望，村庄里各家的房屋与海面隔着堤坝，散落在几乎与海面同等高度的平地之上，几座丘陵零零散散地伫立在村庄背后，说是丘陵，其实就是几块大土包。丘陵之中有些被低矮的灌木丛覆盖，有些被杂草覆盖，但都仿佛商量好了似的，都涂上了一层浅灰色基调的色彩。

杉原这次还是带了画布来，不过要适应这片土地的风土拿起画笔估计还需要时间。杉原本身也不是为了画画而来，所以也不在意，只是若是能画还是想画的。蓝子那边十天左右之后才会有消息，要想打发这段内心无法平静的日子，能埋头作画自然是最好的。可是杉原站在半岛的一角后才明白，作画是完全没有可能的。

快的话一周之内，慢的话得等半个月左右，蓝子到时候应该会想办法和杉原联系。

※

这天傍晚杉原又一次去了海堤。这次是往海角的方向走。到海角还有很远的路程，所以杉原并不打算走到尽头，据说离这里不足半里路的海岸边有一块巨大的岩石，名叫

"日出的石门"的当地名胜,杉原想散步到那附近去看看。

起风了,出门时风还没多大,一到堤岸,东南风吹得很猛,衣服都吧嗒作响。风在这个半岛可是出了名的,即使上午天气相对平静,一到午后仍然会起风。

走了五六町后,杉原穿过堤岸上的人行道,看见好多人像雪崩般冲向海滨,一队足有数十人的人马通过后,幼儿和老人们也横穿过人行道走了过去。

杉原一开始还纳闷究竟发生了什么事,很快便眼瞧着去到海滨的那队人马四散到沙滩的一角,几个男人则登上了附近略高的小沙山。

"要撒了,要撒了。"

爬上高处的一人这样叫喊道。杉原站在堤岸上望着他们,喊声乘着风传进了杉原的耳朵。

一位七十来岁的老人走在最后,他没去海滩上,只是独自站立在海堤上。杉原发现他后便走近他身旁,问:"他们这是在做什么啊?"

"在撒厄运年糕。每年二月二十八日这个村庄都会举行厄运年①男子投撒年糕的活动。"

---

①阴阳道认为人到厄年诸事不顺需要除厄。通常,男子二十五岁和四十二岁、女子十九岁和三十三岁为厄年。厄年前后的年份分别称为前厄和后厄。

老人用干巴巴的语调说道。他说的村庄应该就是杉原所在村子的旁边那个，那个村里几乎所有人都以打鱼为生。据说村子里有这样一种惯习：每年二十五岁和四十二岁正逢大厄年的男子们需要撒年糕，他们集中在村里的寺庙捣年糕，再将捣好的年糕扔到沙滩上，村里其他人则去捡拾。生逢厄运年的男子们站在高处抱着装年糕的箱子，衣服被风吹得扬起来；围绕着他们的男女们四散在白沙滩之上，衣服也随风摆动。

就在此时年糕被扔了出来。小巧的白色物体散落在沙滩之上，从杉原所在的地方也能看见。

老人、姑娘、孩子一看年糕扔了出来都蜂拥而上，连滚带爬地争相捡拾。

目之所及之处，漫长的海岸线上只有这一角有些异常。人们在那里发出的叫喊声是一片澄净的回响，夹着浪涛声传入杉原耳中。

杉原想，早知道带画册写生就好了。

风吹得更猛了，杉原放弃了去"日出的石门"的计划，村民们都从海滩上岸，他也开始沿着来时的路往回走。

※

那之后过了两天，在一个无风的日子，杉原去一里外的村子看温室栽培的花朵。从数年前起，半岛东岸的斜坡上温室玻璃房的数目年年增长，栽培出的小苍兰、康乃馨、香豌豆、郁金香、羽扇豆、木菊这些花都往东京方向送。

杉原请司机走海角相反方向，半岛底部的那条路。

E村附近的丘陵缓缓地向海边倾斜，村里的人家也稀稀疏疏地分布其上。温室位于户与户之间，从车上看去，温室的玻璃偶尔强烈反射着阳光。

杉原让司机在街边等候，自己爬上了丘陵。他看见两三个巨大的玻璃箱，每个都是康乃馨的温室，花应该已经都摘掉了，只有茎干还密密麻麻地繁茂生长着。

杉原又让司机往前开了半町路，又自己上丘陵去了。这次是种小苍兰的温室。温室里小苍兰的淡黄色花朵开得烂漫，温室背后不知名的黄色小花直接沐浴着太阳光，也成片成片地盛开着。花香刺激冲鼻，杉原一走近花田，身体就被这些味道包裹起来。

也不知为何，此刻杉原内心猛然间不安起来。已经快十天了，蓝子那边还是杳无音信。蓝子都那般鼓足干劲了，但事情可能还是进展得不顺利，交涉依旧混乱如麻吧。杉原看了两三间温室后，心情反而变得抑郁，就下了丘陵。

又过了两三日，杉原去了半岛尖端那个有灯塔的海角。那里距离他所在的H村有一里路程，来这里之后第一次他抱上写生簿徒步前往。

正好中途要经过之前准备去又没去成的"日出的石门",他就顺道去了一趟。两块巨大的岩石插向海岸和海中,这里的风景除了用作明信片之外再无别的用处,杉原一点没有作画的兴趣。

附近有个小茶馆,杉原走进去,看到店前放着几个装有贝类标本的玻璃瓶。据茶馆六十多岁的店主说,这些贝类形状像女性阴部,所以被当做纪念品售卖。穿过丛林来到这明亮的高地上,竟然看到这样的东西,实在太奇怪。丝毫没有情色之感。或许所有的东西在这明媚的风光中都不留痕迹地升华了吧。

杉原正在店里喝橙汁的时候,一个身材矮小的中年男子穿着干农活的装束走进来,和店主闲聊了起来。其间他跟杉原搭话,问:"您是要去海角吗?"

杉原说自己准备去,那个男子并未有何反应。杉原向店主问了路之后出了茶馆,男子也尾随着出来,和杉原一起走。

杉原当然以为这个人只是恰巧和自己同方向,回村子去而已。哪知道他一直跟着杉原,完全没有离开的意思。

没多久就走到了海角的尖端。灯塔距离此处仅有一两町的距离,但必须要穿过沙滩和礁石地带。走过去前男子用手绢包裹住头，说："这里开始路不好走。沙子会吹进眼睛里，要注意。"

此时杉原才意识到这个男的是来给自己带路的。强行带路，这种强买强卖让杉原很不愉快，但杉原还是和男子一起下到海滩上。

果真如男子所说，沙子被强风吹扬起来，从正面击打着面颊。杉原走两步就背对着风向，再走两步之后又转过身去。带路人深弯着腰，像在舔舐地面一样保持着低姿态鲁莽前行。

过了这一段后，两人又穿过了断崖底部延伸的礁石地带，终于到达可以看到灯塔的地方。可是那里没法久待。波浪撞击着灯塔周围的礁石，海水溅起的飞沫像水雾一样不停地落在两人所站之处。海风也嘶吼着，冲撞在断崖之上。

"差不多回了吧。"

男子对烈风和飞沫束手无策，这么说道。杉原也并没有要在这里长待的意思。

不过，海角这般荒凉的景象却击中了杉原的心，这与绘画毫无关系。在这个气候温暖、平静安稳的半岛上，似乎只有尖端这一丁点儿地方在猛烈地呼吸运动着。天空中涌上几朵白云，荒蛮骚动的海面像是被抹上了一层普鲁士蓝，显现出活力四射的色彩。在这般背景之下，灯塔完全就是一个人造物体，显得极端单调寒碜。

杉原再次穿过礁石带和沙滩后回到大路上，然后给了带路人两张百元纸币。他接过钱，猫着腰快步走开了。

归途中，杉原在思考自己要不要即刻回东京，也出面参与蓝子离婚问题的交涉。他觉得好像这样问题解决起来会快一些。以前自己和蓝子都觉得，杉原不出面可以避免事情变得更错综复杂，但是现在杉原想要正面迎战，支持蓝子，他内心努力解决问题的意愿变得越来越强烈。不知为何，杉原脑中，此时此刻蓝子纤细的身体变得非常可怜可爱。

选自《花粉》[①]

[①] 小说。1954年7月发表于《文艺春秋》。

北陆·北潟

北陆地区发生大地震之后的第二年，也就是昭和二十四年（1949）的春天，我从北陆的大圣寺出发去福井，途中乘车经过了北潟——一个细长的不规则形状的湖泊。那时我还在大阪的报社工作，负责写新闻连载，报道小松、大圣寺等北陆的几个城市地震后的重建状况。

进入吉崎村，绕过因戴面具吓儿媳的故事①而闻名的寺庙后，前方便是北潟的湖岸。湖中微波在阳光下闪闪发光，甚是美丽。车子跨过了湖面北端如河流般狭长的一段后，就一直沿着北潟的右岸行驶。道路一边是低矮的丘陵，另一边虽然是日本海，却完全没有临海之感。丘陵上各处还有地震时滑坡留下的痕迹，开了不少新的口子。

车子沿着周长六里的狭长湖岸开了二十分钟左右。快要进入北潟村时，我暂停了与司机的交谈，让司机停车。只因发现眼前的湖与我童年记忆中的样子完全不同。此时正午已过，湖面沐浴着春光，很明亮。

"还真有些稀奇呢，这么明亮的湖。"

我走下车，向着湖面说道。

---

①流传于福井县吉崎附近的民间故事。有一对夫妇因仰慕莲如上人的佛法，时常前往吉崎道场朝拜。然而丈夫的母亲嫌两人拜佛影响家业便盗来面具假扮鬼神，企图吓唬拜佛归家途中的儿媳妇。儿媳妇见到鬼神慌忙跑掉，婆婆却因为被枝丫挂到不能动弹，且面具不知为何无法取下。后来直到婆婆向莲如上人忏悔之后面具才得以摘除。

"现在是春天,所以才这么明亮,若是秋冬季节,这里可荒凉了。我开车经过这里时总觉得有种说不出的凄凉。毕竟这里就这一个大水坑一样的湖,其余再没别的了。"

接着司机又指着远方山丘上的滑坡之处告诉我,那边有好几户人家现在还被埋着。听司机这说话方式,很难清楚判断究竟是湖畔的风景寂寥,还是因为几户人家还埋着所以凄凉。不过那先姑且不论,或许秋冬季节这一带真如司机所言十分孤寂,但此刻春光照耀着湖面,那种孤寂之感很难想象。

这与我幼时记忆中的湖显然不同。记忆中湖岸边没有长芦苇也没有长胡枝子,湖中也未曾见过系船用的栈桥模样之物。

选自《芦苇》①

---

① 小说。发表于1956年4月号《群像》。

比良和坚田

老汉我第一次见到比良山是在二十五岁那年。对了，那之前再几年，我正好在刚开售的《写真画报》的封面照片上看到过比良山。那时老汉我还在第一高等学校①上学。在本乡②的宿舍楼里，无意间翻开宿舍女生买的杂志，开卷第一页就是一张"比良的杜鹃花"的照片，是用当时流行的紫色套印印刷的。

老汉我现在都还清楚地记得那照片上的风景：在比良山系的山顶极目远望，眼下是镜面一般的湖水，山顶上高山植物杜鹃花在岩石四起的斜坡上成片地鲜艳地开着，像一片花圃一样优美地覆盖山坡。看到这张照片，不知怎地我吓了一跳。震惊的原因我不得而知，总之在心中某个角落，我感到一种难以言说的以太似的挥发性的刺激，反复仔细地端详这张比良的杜鹃花的照片。

杂志同一页的角落上用圆形切分出一个区块，介绍了每天运行数趟，连接起湖畔各个村庄的小型蒸汽船。那时候老汉我就想过了，将来总有一天我要寄身于这蒸汽船上，仰望高耸在眼前的比良山脊，然后登上照片上这座山岭的一角。这一天总会到来的，不是吗？不知为何我总觉得这一天一定

---

①简称"一高"，日本旧制高中之一。现在东京大学教养学部和千叶大学医学部、药学部的前身。
②旧制"一高"所在地。现为东京大学所在地。

会到来。一定会到来！我的内心坚定不移，有一种强烈到不可思议的确信。

我想，登上比良山的日子若是到来，那应该是我相当凄凉的一天吧。该怎么形容那时的状态呢？坐立不安，还是不被人理解？对了！不是有孤独这样方便的词汇吗。或许用绝望也行，孤独，绝望，对！就是这样。我本是讨厌这类表面光鲜、实则幼稚的词汇的，不过确实觉得这个词最适合表现我当时的情绪。我会在那孤独又绝望的日子，登上杜鹃花盛开的比良山顶。然后在香气馥郁的白色杜鹃花丛里独自入眠。这样的日子一定会到来！一定会到来！现在想来那种消极情绪实在是令人难以理解，但那时它就那样极其自然的就在我心中某处萌生了。就是那时，老汉我第一次知道了比良山，并且对它产生了兴趣。

数年之后，我第一次有机会见到照片之外比良山真实的容貌。当时我应该是二十五岁吧。一年前我从东大毕业，转过头的第二年就去冈山的医专上任做了讲师。没记错的话那年应该是明治三十九年（1896），事情就发生在那年年末。那段时间我被死神附体了。谁年轻的时候都有不把自己命当回事儿的时期。也是在二十五岁那年，启介[①]以那样荒谬的

[①]主人公的儿子。据小说内容，主人公与儿子启介因儿子感情问题发生争执，其后儿子投湖自杀。

方式了结了自己，那家伙要是平安熬过那段时期，肯定还能好好地活个几十年。可是那个优柔寡断的家伙……不对，或许附着在启介身上的死神比那时附在我身上的家伙更难缠，性质也更恶劣。不过启介还是太愚蠢了，但他也有可怜的一面。若是现在他还活着……那个蠢货、笨蛋、荒谬的家伙还活着的话……啊，一想到启介，老汉我就窝火得很。

附着在二十五岁的我身上的死神，至少和启介的不同，是个更加纯粹的家伙。我当时苦恼生存的意义，一心想要赴死。我的终身大业——软部人类学①的研究主题还未在我心中萌芽。说起来，那时我的心里的确到处都是填不满的空间。我明明是学自然科学的人，内心却被宗教和哲学所牵绊。在我萌发自杀意愿数年之后，藤村操②从华严瀑布纵身跃下。那时热衷于哲学、宗教的人大都被死神附身过一次。"万物的真相悉归于一言，曰：不可解。③"在那个时代，大家都认真严肃地思考过这些问题。明治末期是个奇妙的时代，日本的青年们都以冥想的方式探索着生死的问题。

---

①研究人体软组织（如肌肉、血管等）的一门学问。

②"一高"一年级学生，明治三十六年（1903）16岁零10个月的年纪在华严瀑布自杀。死前在瀑布前的树上留下遗文《严头之感》。他的死给一高学生以及当时的知识人以巨大冲击，并促成了哲学热的产生。

③此为藤村操留在瀑布处遗书的原文中的一段。

冈山的学校放寒假之后，我拿着一本《碧岩录》①，径直去了京都嵯峨的天龙寺，以居士的身份在G老僧的门下参禅。那时每晚我都会打坐，地点通常都在正殿。有时也在正殿背后结了层薄冰的曹源池畔的岩石上打坐。腊八坐禅②结束时，我整个人飘飘摇摇，现在回想起来，那时我不过只是个因营养不良、过劳、睡眠不足而引起的高度神经衰弱患者罢了。

腊八坐禅结束那天，是十二月二十二号还是二十三号来着，总之是那年的冬至日。早上成道法会一结束，我就即刻走出天龙寺往大津走去。因为是成道法会刚结束立刻出发的，所以应该是早上八点左右吧。寺内随处可见的松树桩上覆盖了一层薄薄的白雪，那个清晨的寒冷连在嵯峨也十分少见，我的耳垂和鼻头都快冻住了。我穿着行脚僧的棉衣，光着脚塞上木屐，以这样一番装束一刻不停急匆匆地走过北野、京都城区，又继续沿着今天我坐车来时经过的京津国道③，穿过山科来到大津。路过山科的鳗鱼店"金世"门前时，雪纷纷扬扬地飘落，一种强烈的空腹感朝我袭来。

①又称《碧严集》。中国宋代禅宗书籍，十卷本，收录了一百则代表性的禅宗公案（暨祖师的话语和行动）。在日本佛教临济宗中被极为看重。
②禅宗为纪念腊月初八佛成道日举办的佛事。从初一至初八专心参禅修行。
③连接京都和大津的道路。

我那时究竟是为什么去的大津，现在已记不清详情。如果非说是因为回忆起早年看过的《写真画报》的卷首照片，被它吸引而去的，就太牵强附会了。我那时一定是迷迷糊糊地前往琵琶湖，找寻可以了结自己的地方吧。或者像个梦游病患一样稀里糊涂地去到琵琶湖，望着湖面突然就萌生了死的念头也说不定。

那天可真冷啊。我到了大津之后一路向北，沿着湖岸一直走啊走。和死神一起走着。右手边冰冷的湖水动也不动，一望无际，偶尔从水边枯萎的芦苇丛中冒出三五只白羽鸭来，扑棱着翅膀飞走了。

路的前方可以看到比睿山，在山的左侧以远，几座山峰完全被白雪覆盖，以一种醒目的美耸立着。我才看过被稀疏的树木覆盖着的嵯峨山那平缓的曲线，眼前的山峰却呈现出另一种挺拔峻峭的美，让人完全无法相信两者其实位于同一条山脉。我记得好像中途曾询问过路过的挑担小贩，才知道那是比良山。偶尔我会停下来看看比良。和死神一起看看比良。初见比良，我就被她那神性般遥远且美丽的山棱线迷住了。

我摸索着走到坚田的浮御堂①已是傍晚，那一日只时不

---

①临济宗寺庙满月寺的佛堂。建在琵琶湖畔，以栈桥连接。平安时代以来便有名。

时飘了一会儿的雪花，傍晚起才正式进入工作状态，开始浓密地填充整个空间。我在浮御堂回廊的屋檐下久久伫立。湖面上什么也看不见。我用冻僵的手从行囊中取出钱包，并解开拴在其上的绳子，一张五元纸币显露出来。我紧握着纸币走出浮御堂，湖岸边有一间旅馆，外观虽然大气，某些地方却又散发出一种宿驿①小客栈之感。我走进了旅馆宽大的泥地间。这个旅馆就是灵峰馆。

我站在泥地间，拿出那张五元纸币，朝着正在账房里烤着暖炉的光头中年老板说，请让我住一晚。老板一脸狐疑地盯着我看，但当我说剩下的钱明天再找的时候，老板态度突然变得殷勤起来。一个十五六岁的女佣端来一盆热水，我坐在横框上，卷起衣服的下摆，将已经冻得发红、失去知觉的脚趾浸入水盆里的热汤中，才缓过神来。老板给安排的是最高级的房间。天已全黑，已是必须要掌灯的时刻了。

我一言未发，在老板娘的照顾下吃过晚餐后，便靠着壁龛开始坐禅。那个时候我已下定决心，明早就在浮御堂旁边的悬崖边跳湖自尽。我有些担心自己这五尺之身能不能跟石子儿沉入水中一样，静静地沉下去。我的眼中浮现了好多次我的尸体横亘在湖底的样子，我想，一个男人将壮丽地死在那里。

---

①日本江户时代主要为旅行者而设立于各处的投宿点。

夜一片寂静，丝毫不逊色于天龙寺禅堂。夜里严寒刺骨，好似我稍微动动身体就能感知到痛楚。我在那里坐禅坐了好几个小时。临近黎明时分，我突然清醒过来。那一刻身体疲惫极了。我结束坐禅后去了趟厕所，然后就地横躺下来。屋子的一角铺好了床，但我并未触碰，只是将手枕在榻榻米上，打算在天明之前打一两个小时盹儿。

突然嘎啦一下，响起了一阵急促尖锐的叫声，仿佛要将喉咙撕裂般。我想这一定是夜行鸟类的啼叫声。但抬头一看，周围却依旧和往常一样静寂。我正准备再次入睡时，又听到了那嘎啦的叫声。好像是从枕边的檐廊下方附近传来的。我站了起来，给灯笼点上火，走到檐廊上，拉开一片护窗板。视野里一片漆黑，灯笼的光只能照亮屋门口，细雪在那狭小的空间里一刻不停地下着。我准备扶着栏杆探出身子瞧瞧下方暗处有什么，这时又是嘎啦一声，声音比之前大，似乎近在咫尺，紧靠湖岸的外廊下方响起一阵猛烈的振翅声，声浪强到几乎要扫过我的面颊。一只鸟就这样展翅飞走了。鸟的样子虽然未能得见，但振翅的声音却充满挖心般的猛烈力量，鸟儿飞入了湖面的黑暗之中。湖面上依然飘着雪。我仿佛快要失了魂一样，在原地伫立了许久。

或许这就是所谓的"生命力"吧，一只夜行鸟竟拥有如此巨大的力量，我被这份力量吓破了胆。这一刻，死神从我身体抽离了。

第二天,我没有赴死,又在大雪中走回了京都。

选自《比良的杜鹃花》①

---

① 小说。发表于1950年3月号《文学界》。

京都(一)

京都南禅寺山门附近有一家早已名声在外的餐馆,在餐馆内一间面朝水池的小屋内安顿下来后,相川向英子说起了分手的打算。

"今天我要说什么,你知道吗?"

相川以这种说话方式开场。

"知道。"

英子抬起眼睛看了一下相川,然后静静地说,

"分手的事情呗。"

英子的表情中并无忧郁的阴翳,虽然确实是有些神情奇怪之处,但毋宁说那更接近天真的样子。

※

屋子跟前是个杂树茂密生长的小型中央庭院。透过杂树间的缝隙可以看见,十一月午后微弱的阳光倾漏在池面上。女佣说,池中引入的是水渠的水。池子从未停止过流动,好像有水从池中某处喷出。这水池感觉不像死水,很洁净。

从两人坐着的地方能看到一棵巨大的七叶老树,树干好似插入池中,树上宽大的枝叶已红了三四分。或许是杂树繁密枝叶的缘故,英子的脸不同往常,看起来带了些苍绿色,略显恬静。

※

　　女佣将饭菜端上来前，两人一直沉默着。相川起身去了旁边房间。壁龛上挂着一首著名歌人写的和歌"H庭池之畔，横卧钱型石。想得应靠近，献上悠扬歌。"相川纳闷哪里有钱型的石头，站在檐廊边一看，脚边的树丛中的确藏着一块圆形的石头，正中有一个方形的孔洞，这应该就是钱型石。水从方形孔洞中不断喷涌出来。

　　英子个子高，为了不撞到低矮的屋檐，她稍微弯了弯腰，站在竹子外廊。从相川这边看过去，她的侧脸上写满了孤寂。

※

　　英子用筷子将女佣送来的食物一个个夹起，仔细玩味之后送入口中。

　　"这个，是颔须鮈吧。""这个是比嘉鱼，对吧？"英子就这么说着。这些河鱼的知识，两年前还与她的生活毫不相关。相川注视着英子筷子的动作，看着自己带给英子的东西，到头来自己也只能给英子这些东西而已。自己夺走了英子的青春，却只能回报给她生活中毫无用处的东西。

　　"那种小到只剩骨头的鱼，不好吃吧？"

"好吃啊。"

"真的好吃吗？"

"你真奇怪。为什么要问这种问题。不开心。"

英子睥睨了一番相川，她那与年龄不符早熟的媚态，或许也是经由相川培植在她身上的。

"刚才的话题，既然你要结婚，我觉得还是有必要把我们的事跟你结婚对象提前说清楚。要是不在双方理解的基础上结婚，将来某一天万一发觉了，就说不清了。"

"我已经好好说过了。"

"什么啊，你已经说过了啊？"

"得提前准备，不是吗？"

"那，对方怎么说？"

"他说他不在乎。反正是金钱关系，没什么好放心上的。"

"金钱关系？原来如此。"

在相川看来，别人要说两人是金钱关系也没办法。相川眼中浮现出在心斋桥撞见的高个子青年，他感觉被青年刺到了痛处。

※

两人走出 H 亭后，乘车去了御室。在距离御室的仁和寺约两三丁距离前，两人下了车。龙安寺到仁和寺这条道相川以往就很喜欢，于是他想把这条道也介绍给英子好了。

"这条路不错吧。没什么人流，安静，但又一点不阴暗。"

"真的。安静到快要失神了。"英子说。

道路两旁普通的小住宅稀稀落落，房子与房子之间满是寻常的菜地，整个一派郊区的景象。菜地里青色的蔬菜之间，鸡冠花和绒球大丽花四处播撒着鲜艳的红色。路边系着一只山羊。在这恬静的风景中，即使是沐浴着秋日暖阳的懒惰生灵也显得生机勃勃。

※

两人到达仁和寺巨大的楼门前，晚秋的薄暮正要将周围笼罩。他们穿过山门，走到了五重塔前。

"等到樱花盛开的时候，透过樱花林看这五重塔，还真有点让人期待。"相川说。

"明年春天一起来看吧。"英子回应。

"还是等我新婚度蜜月的时候，在京都的酒店住上一晚，再来这里看看好了。"

"明明跟我来看更好，你却偏不。你呀，真坏透了。"英子说。

"我心里还是多多少少有些嫉妒的。"

"骗人!现在你心里肯定斩钉截铁地决意要和我接吻!"

"你到底是怎么想的啊?到底还要不要和我分手?"相川说。

"就是不知道啊。"

"决定一个啊。"

"你像现在这样蛮横地跟我说话,那我就想跟你分手。可是在此之前我已经下定决心坚决不跟你分手。但是那之前我又……"

"又怎么?又决定跟我分手吗?"

"对。"

"那再之前呢?"

"绝对不跟你分手。因为你太可怜了。"

"可怜的是你,好吧?"

"你能这么想我很感激。但我就是我,我就是这么觉得的。"

"人类确实有随心所欲幻想的权利。"

两人从五重塔旁折返回山门,走进了山门旁边的寺庙办公室。

一位五十岁左右的女人正在打扫泥地房间。相川提出想要参观茶室，因为时间已经很晚女人好像很吃惊，但还是爽快地应允下来，带了两人过去。茶室名叫"辽廓庭"，这名字相川是知道的，不过实际参观还是第一次。

女人说："两位还参观其他地方吗？若要，得快一些了。"

女子好像担心天色会暗下来。相川知道除此之外还有一处茶亭，但他决定不再去了。

"那么，请慢慢观赏。"

女人好像傍晚有什么急着要做的工作，就回去了。这建筑整洁有致，房中除了静寂之外再无他物。茶室有四张半榻榻米大小，开了六扇窗。两人参观完后，就在休息室的边缘面朝小院弯腰坐下。

时间一刻一刻地过去，庭院里暮色渐浓。低矮的园林景观树被修剪得很妥帖，池子小到甚至可以称作泉眼，呈现在两人眼前。

"啊，真安静啊。"

英子说，好似在叹息。

"你也看了不少京都的园林了。"

"都是托您的福。"

"可能只有和我一起看过的风景你不会忘了吧。"

"我虽然不懂园林的美，但在我个人看来，我觉得能够使身心放松,静谧的园林就是好园林。"

"归根结底确实是这样。"

"如果是这样的话,那可能我最喜欢的就是这里了。"

紧接着英子又说:"我想一直一个人待在这里。"

过了片刻,相川直起身来,说:"你想一个人,那我就成全你,放你一个人在这里。"

英子坐在原地抬头望着相川的脸,说:"真冷酷无情。"

相川觉得英子的脸上竟奇特的有些容光焕发。

"不冷酷些就没法分手了,不是吗?我可是来这个院子里扔掉你的。"

相川说完,就将英子微弱的笑声抛之脑后,缓缓走向进来时左手边出口的方向。

"再见。"

相川听到这句话回过头去,看见英子仍坐在屋子边缘,微笑着挥手。那一刻他猛然意识到,此刻不就是与英子真正分手的机会吗?相川隐约感觉到,若是错过这次,就永远不会再有和英子分别的机会了。暮色之中,只有英子的脸和手显得白皙透亮。

相川出了茶亭的院子,立马拐入了小巷。走了约半町远,到寺院办公室背后时,被一种难以忍受的寂寥之感所侵袭。没了英子,自己接下来无论如何都活不下去了。相川沉浸在寂寞之中,在原地杵了好一会儿。巷子旁边的竹林被风吹得沙沙直响。

选自《石头表面》①

---

①小说。初发表于《周日每日》1953年1月新春特别号。

京都（二）

我与木守欣两人过去只独处过一回，虽然时间很短。那是我入报社刚三年的时候，大概昭和十三、十四年（1938、1939）的事。

以前报社会利用报纸休刊日或者公休日，在京都四条附近的餐馆组织秋季例行部内聚会。出席者都是平常同桌共事的分部成员，约有二十人。

当日晚上全员都住在店里，所以聚会一结束大家便分为几个小组走上街，各自寻找第二场聚会的场所。

当晚我醉得奇怪，早早地就在另一房间睡下了。等我醒过来时，餐馆里一人不剩。我一看表才十点，一直闷在旅馆感觉太可惜了，想着去追一下已出门的同僚们，便走出了旅馆。就在这时，我在旅馆大门口遇见了穿着便衣棉袍一个人无所事事的木守欣。

"您这是要去街上吗？"

他仍像平素里对待所有人那样，遣词礼貌谦逊。

"仁和寺赏月，去吗？打车去的话时间我大致能把控好。"

我料想和这位性格乖僻的前辈一起去郊外赏月，也不会有什么意思，还不如独自去四条河原町或者京极散步，但也不知为何，那时我感觉很难拒绝他的邀约。

我同意了之后，他就到旅馆结账处叫了车，让旅馆先垫付了车费，然后催促我赶紧上车。

车里他几乎没怎么说话，但车子一偏离城区靠近郊外，他就像自言自语一样挨个说出出租车途经的洛北的地名，一直透过车窗注视着白昼般明亮的郊外夜景。

我和木守欣在距离目的地仁和寺两町左右的地方下了车，我们让车子在原地等候，沿着寂静又明亮的夜路走去仁和寺。这段路上，沉默寡言的木守欣几乎一言未发。我在离他半间左右远的后面走着。

我们来到仁和寺山门前的广场，他从石阶下方向上仰望，说："哎呀，门关着。"

接着他迈着沉重的脚步，缓缓爬上通往山门的数段台阶。

直到来到仁和寺门前，我才感到接受木守欣的邀请到这里来真是太对了。银白色的月光璀璨烂漫，洒在古朴宏大的山门上，石阶也因此被照得闪耀着白光，四周空无一人，夯土墙上仿佛搁置着落雪，看着一片雪白。老松树的黑影子像是墨汁淌过一般，清晰地印刻在沿墙的道路上。我生平第一次见到如此凄怆的月夜美景。

"快上来一起推门啊。"

木守欣站在石阶上方，朝着在下方广场晃悠的我呼喊着。木守欣像个看门人一样，身子紧贴在硕大坚硬的楼门上，两手使劲往前推。

"推不开的。"

我一边爬着石阶一边说。他那孩子气的做法让人捧腹。

"不，没准能推开。这么大的门大多不插门闩的。"

我想，他这么一说或许也没错。

我爬上石阶后便仿效他的样子，两手贴在楼门厚重的木板上使劲推。可似乎楼门确实从内部插上了门闩，怎么推都纹丝不动。我发觉自己所做之事徒劳无功后，立马停手，衔了根烟，木守欣却依然坚持了好一会儿工夫。那种执拗的劲儿称作满腔热血也不为过。

"看来是不行啊。"

放手之后他仍觉得有些遗憾。不久他终于放弃，转身背对山门。月光在面前似海一般扩展开来，他眺望着郊外的夜景，过了一会儿说："这月亮不错。"

之后，我们就这样站立了片刻。突然，他好像觉得扫兴似的说："好冷，咱们回去吧。"

我们才刚来，时间还没过去几分钟。他那句"回去吧"让我感到意外，那句"好冷"又猛然将我惊醒。此前我一直沉浸在某种思绪中，分不清究竟是夜晚空气使我感到寒冷，还是月亮针尖般的光芒刺得我皮肤生疼。经他这么一说，我才惊觉晚秋夜晚的寒凉。

我们走下石阶，沿着大夯土墙，转过狭长的小巷，按着刚才的原路返回到出租车停放的地方。

木守欣一走起路来就一言不发了。和他在报社走廊上走路时步调完全相同，脸朝向正前方，一步步缓缓前行。他走路的方式很独特，旁边任凭是谁路过他都不会转头看一眼，这走路方式俨然就是所谓的"只管自己脚下的路"。那晚静寂深夜里，他踏着月光之路时也如出一辙。

选自《楼门》[1]

---

[1] 小说。1952年1月发表于《文艺》。

河内平原・古市附近

在N家坐了一个多小时我便告辞，往大阪方向赶去，在市郊电车上摇晃了三十分钟左右，于三点前后到达古市站。今日原本是打算看看西琳寺遗迹和森田家住宅的，可这冬日里白昼时长急剧减短，若是把时间耗费在这些地方，最重要的安闲陵还有没有时间看，就很难说得准了。于是西琳寺遗迹和森田家我都只能走马观花。森田家是这片土地上从前望族留下的宅子，旧历史记录中曾叫过"神谷家""田中家"等名字。建筑学家一直念叨说这是有几百年历史的古民居，于是我也飞奔过来，在屋内清冷的泥土间转了一圈。我在N家看到玉碗时，也只对其崭新的样貌感到意外，除此之外只觉得它不过是个平凡之至的器物罢了。然而，森田家的建筑氛围却让我不禁瞠目结舌。建筑上方布满了高大的横梁，木材桁构散发出刚健之美，宽敞的泥土间中飘浮着清冷的古老空气。

不止这森田家，古市市区里到处能看到这种在中国北方常见的低矮土屋顶房，好似古时期朝鲜归化人的村子一般，可另一方面，人迹寥寥的街道又呈现出日本古街特有的明亮感，真是个有些与众不同的古城。

我和桑岛缓步走在古市的街巷，朝安闲陵方向前去。中途上了新路，地势也高了几分，从此处向下俯瞰，河内平原的风景一览无余，平原以古市城区为中心，向四方扩展开去。

"这一带以前是大和朝廷的墓地。"桑岛说。

平原边上散布着的几块丘陵几乎都是陵墓，看着像几座小岛。雄略天皇陵、应神天皇陵、仲哀天皇陵、清宁天皇陵，桑岛指着远处平原的四角，向我挨个说明四座古代天皇的陵寝。可从现如今的样子来看，只不过是个被树木覆盖的普通小山丘而已。当然，陵墓在建造当初肯定保有人工新砌的痕迹，但长年累月下来，树木生长，山丘形状变化，现如今已完全幻化为大自然的一部分了。我们现在正好站在据说是我国最大的古坟群——古市古坟群的正中央，或许是我的心理作用，总觉得四周某处的景色在冰冷地下沉。

我们到达位于古市町南面的安闲陵前时，午后起一直阴沉的天色开始变坏，眼瞧着阵雨从平原的北方逐渐靠近。没多久，雨点就落在了我们的头上。

我们做好了被淋湿的准备走在陵墓所在的丘陵之上。从前恐怕整个丘陵应该都是墓陵所在区域，但现在重要的陵寝被规划为丘陵的一部分，从西琳寺方向延伸过来的宽阔大道穿行在丘陵之上，道路沿线散落着几户人家，人家周围还散布着田地。

据桑岛说，这丘陵叫高尾丘陵，据说战国时代畠山氏曾在这里修建了高尾城①。陵墓正上方部分建的是本丸②,现在环绕在陵墓周围的沟河就是建城时内护城河所残留的余韵。

桑岛觉得,玉碗或许是和沙土一起被冲出来的,又或许是被当地人用手挖出来的,事情应该就发生在畠山氏被织田军击败,本丸被烧毁的时候。也就是说,战国兴亡的浪潮也曾席卷过这玉碗沉睡了千百年的安闲陵。被秋雨淋湿后走在陵上,对此心中多少还是有些感慨。

我们拜过安闲陵,绕其一周,又去了距它约两町远的妃子春日皇女的陵墓。附近一个人影也没有,数量不多的杂树四处生长着,红彤彤的叶子在雨中懒汉似的耷拉着头。

我们时而躲在树荫下避雨,时而走近观察,在拥有两座陵寝的丘陵上周游了将近一个小时。桑岛似乎想大致确认出玉碗出土的地点,又一次折返回安闲陵背后。为了防止细雨珠进入后颈,桑岛竖起西服衣领,脚步飞快地走了。我抽着烟等了他很长时间,可怎么等他都不回来。就在那时,位于我站立处西北方的安闲陵以及它对面的春日皇女陵上,秋雨从侧面横着刮了过去,正当我望着雨势的时候,突然间两座皇陵上茂密的森林宛如两只巨大的生灵在吵吵嚷嚷一般沙沙

---

①即高屋城。
②日本古代城郭的中心部分。除本丸外还有二之丸,三之丸。

作响。我曾经在四国见过因海峡潮水制造出的漩涡，此刻这一大片树林摇动的方式就好像那深邃的漩涡正飘摇过来。

我那时才真正意识到，在这两片森林之下，正长眠着安闲天皇和春日皇女两位远古贵人的魂魄。

"隐国初濑处①"——皇妃所歌唱的那首悲伤的曲调，不管是不是像木津元介②所解释的那样，千百年前的某日，它应该都曾以一种无声的音乐，冰冷地响彻在这座丘陵上繁茂的密林之间。

选自《玉碗记》③

---

①选自《日本书纪》卷十七中春日皇女所作和歌。据传与安闲天皇的和歌曾是一对。小说《玉碗记》中全文引用了此歌。
②小说《玉碗记》中的人物之一，为"我"中学时代的挚友，在东京女学校教书。
③1951年8月刊载于《文艺春秋》。

潮岬之行

速水从自己在吹田的家中又一次返回报社，从会计那里预支了两个月的薪水，在天王寺坐上了十点发车的阪和电车往串本赶去。在东和歌山换乘现在的纪势西线时，雨下起来了。速水在终点南部站下了火车，在那里换上开往田边的班车，到了田边又恰好遇到一辆装木材的大卡车准备往串本方向去，他便请求司机搭了个便车。卡车的操控台本只够司机和助手两人坐的，速水强行加塞进去，十分狭窄拘束，一路上无法动弹，可他几乎没感觉到痛苦。过了白滨和椿，透过车子右侧的小窗就能看见海了，此时风也加剧了许多，都到了暴风雨的等级。南纪海岸特有的岩礁极多的海面上，四面八方都骚动呼啸着。雨珠那细小的飞沫，从前方玻璃缝隙一个劲地往座位里吹。

到达串本已将近七点。这座渔港城市被雨敲打后，路上昏暗又冷清。速水斜撑着洋伞，沿着大道走向警署。警署里，两三位巡警正就着昏暗的电灯坐在事务桌前。速水陈述了到访的理由，可是，每位巡警都知道发生了自杀殉情事件，但详细状况却一无所知。据他们说，相关文件倒是传到了这里来，但详细情况还是要去问潮岬派出所才能知道。潮岬派出所的巡警刚刚来过，但已经坐最后一班巴士回去了。没办法，速水按照规定，以自杀者保证人的身份在两三份材料上签上自己的名字和家庭住址，签完后即刻往潮岬村赶去。其中一位巡警帮忙联系上了潮岬派出所和站前的租车店。

汽车时而鸣响几声微弱的警笛，在风雨交加的暗夜中行驶。窗外一片黑暗，完全看不清汽车究竟驰骋在什么地方。车子好像一直都在爬着狭窄又陡急的坡道。开了大概三十分钟后，车子停在了点着红色门灯的派出所前。虽然名义上叫派出所，但不过是个普通的小住家，只是将玄关的泥土间稍微改造了一下，放上办公桌和椅子，有个派出所的形式而已。

"雨可大了，辛苦你了。"

一位五十左右，剃着和尚头，性情柔和的男子身穿和服迎了出来。

"不管怎么样今晚都必须在旅馆住下，对吧？车子你也先别还了，坐着去旅馆也方便些。我与你同去。"

说完，他先退到里间，没多久在和服上套了个遮雨斗篷，拎着个黑包出来，坐上了车。

汽车又沿着同样黑暗的道路开了五分钟左右，在一家旅馆前停了下来。下了车，只见旅馆玄关的玻璃门上写着"黑潮旅馆"几个字，速水站在门口，见到灯台回旋着的白色强光带，正在舔舐着黢黑的近海海面，这才知道自己此刻所在的旅馆就在距离海角断崖只有五十米的地方。

※

第二天天气一片晴朗，万里无云。速水早餐就象征性地夹了几筷子，正准备更衣去派出所为昨夜之事向山田巡警道谢，身着制服的山田巡警反倒先主动进了旅馆。收到旅馆女佣的报信后，速水迅速下楼，山田已站在门口。

"男的尸体捞上来了。"他说。

"那女的呢？"速水条件反射地问。

"女的还没找到，只有男的。现在政府这边负责卫生的人员和村医在看着。虽然只是形式，但还是在检查。你要来吗？"

"我不太想看。"

速水说。山田巡警思考了片刻，说："还是请你走一趟吧。就算是跟政府的人打声招呼也是好的。"

速水跟在山田巡警身后，足有三百尺高的断崖上歪歪扭扭地开凿出一条小道，速水沿着小道下到了岸边。

※

跟派出所和政府的人都问候过后，傍晚，速水将就等待巴士的时间在高地附近闲逛。此时，太阳已经落山。

海面上，无数岩礁散落在海岸附近，波浪像镶白色蕾丝花边一样拍打着岩礁的周围。除此以外放眼望去，海面上碧蓝一片风平浪静。然而，仔细看看，海面上唯有一处区域里细碎的波浪在翻滚。速水盯着那里，看着看着心里渐渐失去平静。他觉得波涛汹涌的那片小海域之下，安置着春美的尸体。这么想着，春美雪白的裸体就摇晃着浮现在眼前。他猛地被一种情绪所侵袭，一心想着要去那片水面。他走到海角上悬崖的尖端，俯瞰崖下。速水脚边的大岩石因陡然倾斜而被切断，遥远的下方波浪像白色纸屑般散落在无数的岩礁之上。就在此时，背后传来一阵呼喊声："你不是要坐巴士吗？最后一趟车马上出发了。"是位中年男子的声音，应该是当地居民。速水这才心中一惊缓过神来，离开了那里，缓步走向乘坐巴士的地方。

选自《黯潮》①

---

①1950年7月至10月连载于《文艺春秋》。

纵贯纪伊半岛

三人在凑町站坐上八点发的关西线列车，五十多分钟后到达王寺站，在那里换乘和歌山线。

列车从王子站驶出后，在大和平原的一角穿行了一会儿，不久便进入重峦叠嶂的山路之中。

从车窗往外看，民房大都刷了白壁，也有几家人像挂竹帘一样在白壁上挂上了柿子。整个一派大和地方①悠然自得的初冬风景。苑子一直把视线投向窗外，怎么也看不腻。

又过了五十分钟左右，一行人抵达五条町。站前有辆吉普车来迎他们。

"终于要坐这吉普车纵贯纪伊半岛了。现在怎么弄？要先在这五条町稍微转转吗？"

"我想想。时间来得及的话转转也可以啊。"

"接下来的行程无需考虑时间。只是到住的地方会相应晚一些而已。"

狭窄的坡道两侧是琳琅满目的店铺，很热闹。三人沿着坡道往下走，一路上来城里采购的农村妇女们很是显眼。两侧店铺几乎都是古老的土仓结构。笙子发现一家干净美观的点心店，便走了进去。

苑子看着笙子出来，问："买了什么？"

"巧克力和咖啡粉、方糖。要在山里停留两天不是吗，

---

①日本古地名之一，大抵和现在奈良县相当。

没咖啡怎么行。"

笙子说完后又忍住笑,"我本想给绀野买瓶威士忌的。但想想还是算了。对吧?"

"对。不买安全些。"

穿过细长的街道,三人来到吉野川上的铁桥边。吉普车先到了,在那里等他们。

绀野说,这条吉野川在奈良县内叫吉野川,到和歌山县就被称作纪之川了。

吉普车内算上司机的驾驶台总共有四个位置。上车时,苑子想起了安彦说的话,但是否要先挑安全的位置,她还是很犹豫。

"请。"

苑子让绀野先坐,结果绀野说:"你们两位坐后面吧。我坐司机师傅旁边。这里可是一等座。安全!"

"哎呀,那里并不安全吧。"

"不管安不安全,总之第一次来的人坐不了这里。毕竟这一路经过之处可都很吓人啊。"

绀野笑着说道。

吉普车从五条町出发,十分钟后到达了熊野川水电开发调查事务所。只有绀野下了车。

过了三十分钟,绀野回来了。吉普车沿着吉野川的支流丹生川行驶，渐渐进入山林深处。

"这儿离今晚住宿的温泉街大约八十公里。这段时间会沿着丹生川开一会儿，中途会远离这条河，翻过天辻垭口，到十津川的上游。十津川和北山川合流后就是熊野川。这次'凤屋'大坝的候选地就在十津川中游。我们会在那里花费点时间，不过五点左右应该能到温泉街。"

绀野把今天的线路大体说了一下，之后又补了一句："山路崎岖难走，你们可别吓着。"

路过山间的小村庄——贺名生村时是11点。据说这里从前曾是后醍醐天皇和后村上天皇的行宫，且梅花很有名。的确，山坡上梅林四处可见，白色的阳光散落在树枝上。

接着一行人又路过了因魔芋产地而闻名的宗桧村永谷聚落。这里的杂树林美极了。一行人在此停靠，绀野拿出刚刚在熊野川调查所带上的盒饭吃起来。

车子远离丹生川，开始逼近天辻垭口。杉树林的山坡呈青色，杂树林的山坡则是褐色。山上有间小学。过了垭口没多会儿，笙子突然叫道："啊，真漂亮！"

视线下方能远望见沿河的小村落。

"那条河就是十津川。那边猿谷大坝正修着呢。"

绀野让车停下，说，"你们听，能听见施工的声音吧。"

的确，锤子微弱的响声从谷底飘来。

"那个小村子叫坂本，住有八十户人，但是个水淹村。明年九月那附近就会被淹没在水底。"

"呀！"

苑子没想到自己现在看到的谷底的小村子，即将被淹没到水电站的蓄水池底。车子从急坡下到谷底，曲曲折折地开进了水淹村。村子呈现出一种沉静的特殊表情。

车子沿着十津川左岸行驶。十津川的河滩在冬日暖阳的照耀下闪着白光。河水像一条纤细的缎带弯曲着身子流淌着。苑子从未见过这么美的河。

俯瞰着十津川的青蓝色流水，吉普车沿着河岸边行驶。没多久，人看着不错的中年司机指着路边的木桩说："那是为交通事故遇难者建的供奉碑。接下来到处都能看到。"

"别多嘴。"绀野笑着说。

"这里交通事故很多吗？"

苑子问道。

"交通事故的话，东京更多吧。"绀野说。

但是，狭窄的车道紧逼着断崖一直向前延伸，而且一路上左右交错弯道颇多，看着真像交通事故多发路段。

走了一会儿又见到一座供奉碑，再走了一会儿又有一座。一个小时内苑子看到了十多座埋葬交通事故死亡者的木柱。

这一路首次遇到一辆巴士迎面开来。为了错车让路,吉普车不得不往后退了很长的距离。就在那时突然间"哎呀"一声,笙子发出了不寻常的喊叫。

"路就刚刚够车身这么宽。轮胎就好像只是勉强卡在路边一样。"

听她这么一说,苑子这才透过侧面车窗看了看路。苑子的脸色瞬间变了。她知道这路很危险,但没想到这么危险。

"没事的。我都开习惯了。"

司机说。

"过了这段,路会宽些吗?"

苑子问。

"不会。"

司机回答。

于是绀野说,"最好别往窗外看。别看外面,聊聊天就没事了。"

和巴士错车之后,吉普车继续前行。苑子一想到自己坐的这辆吉普车轮胎正在悬崖边缘危险地旋转着,就感觉不到自己正活着。

虽然绀野一直说巴士一天三趟来往于此地,这里的司机技术可是日本第一,种种类似的话,但是苑子的不安还是没有减少。

"我，已经无所谓了。要掉下去就掉下去好了，也没办法。"

笙子说。笙子这逞强的性格，苑子以前开始就讨厌。

车子依旧毫不介意，未有停顿地疾驰着。

"从这里开始就进入十津川村了。这村子可大了，东西宽八里，南北长十三里。"绀野说。

苑子不禁咒骂这南北十三里的长度。

一行人在凤屋水电站堤坝的预定建设点下车。苑子以为绀野在这里有什么工作要做，然而绀野并无要做什么的迹象。他望了望紧逼河流两岸的溪谷，只说了一句："水到时候会淹没到那里。"

他指给大家看对岸山坡的岩石之上刻着的吃水线的标识。

"哎呀，要到那里啊。"

笙子站在绀野身旁，也将视线投向这边。

"好，咱们出发吧。"

很快绀野说道。笙子和苑子准备再次上车，此时绀野说："那边有个农家。接下来路还很长，你们不去一趟吗？"

苑子很快明白绀野的意思，"我不用。笙子你呢？"

民居散落在河流两岸，可是听说倘若大坝建成，所有房屋都将被水淹没。还有一座像玩具一样的小学，当然它也难逃沉入水底的命运。

十津川不改风采，一如既往地拥抱着美丽河滩，蜿蜒流淌于这片自然风景之中。山间都是麻栎的树林，远远望去色调很柔和。

※

吉普车在和昨天同样危险的路上开了五十分钟左右。接着一行人便到达了一个小村落，这里就是乘坐螺旋桨船的地方。路在这里便到了尽头，再往前十津川的河道便发挥了道路的功能。三人下到宽阔的河滩边，水利开发公司专用的螺旋桨船正等着他们。

船不小，能轻松装下十多个人。从吉普车下来后，空间更宽阔，三人都觉得舒服了许多。螺旋桨船吃水浅，构造上主要靠安装在尾部的螺旋桨使船体上浮，推动船身前进。

苑子一行人坐的虽然是水利开发的船，但每日数次将此地的人运往下游各村庄的唯一交通工具也是和这个完全一样的螺旋桨船。

引擎的声音有些吵，河流从这附近开始突然变得宽阔，一行人开始顺流而下。两岸四处有十多二十家居民的小村落，它们刚一出现又很快消失在后方。

对于苑子而言，这整个都是全新的风景。在这样的河岸边，山与山相夹的空地之上，几间屋子似乎相互依靠，住在那里的人每日都看着同一条河生活着。

白色河滩上被流水冲上岸的树木枝干四处可见。

"刚才坐船的地方，路已经到了尽头。可是从那到这的山地名字却叫'果无山脉①'，挺有意思吧？"

绀野这么解释。

"昨天我们翻越了天辻垭口，今天我们坐船沿着果无山脉的根部顺流而下。"

右岸是熊野三社之一"本宫②"的森林，船沿着森林下方顺流而下，花了一个多小时。被昭和二十六年（1951）洪水冲毁的村庄四处可见。只有这些村庄里的新房子上盖着蓝色或红色新屋顶。

"这么好的地方，要是叔叔也跟我们一起来就好了。"

船在靠近十津川和北山川汇合点时，笙子说道。笙子满面愉悦，她彻底爱上了这趟乘船旅行。

"可如果那样的话，你就来不了了。"

苑子说。

---

①"果无"意为没有尽头。
②熊野三社为熊野本宫大社、熊野速玉大社、熊野那智大社。本宫为其中之一。

"对啊,完全是托叔叔演讲的福。是明天吧?叔叔的致辞。"

"谁知道呢。"苑子这样回答。安彦即将在权藤博士古稀之年祝贺会上发表贺词,时间应该是明日。现在安彦应该在诊疗所,趁着没患者的时候,正大声练习着祝辞。此刻在顺着十津川下行的船中,想到安彦那副样子,总觉得奇异。

船从两条河的汇合点开始沿着北山川上溯。这么走是因为绀野想好不容易来了,反正三个小时左右就能到濑八丁,去看看也好。

一进北山川,河水的颜色便与刚才的十津川迥然不同。河水清澈透明,甚至连河底的每一块石头都能看清。河岸边的村落样子也与刚才不同。这条河两岸都被山紧紧相逼,周围说是村落,其实也就五六间住宅挤在一小撮的空地上罢了。偶尔能见到几个大村落,但是大部分的房屋也都建在山坡之上。

进入北山川后,满眼都是崭新的风景,可苑子不知为何心里并不愉悦。安彦的身影在脑子中浮现过之后,就再也忘不掉了。

自己是对安彦做了什么坏事吗?这趟旅行不是什么秘密也没有吗?本该和他一同前来,但因为他突然有事才和笙子一起来的。只是这样而已。而且自己曾想过取消这趟行程的。是安彦劝说自己才来的,不是吗?

反复想了好几遍,事情都是这样。可是,苑子总感觉没法说服自己,心里无法平静。

"上次发大洪水的时候,水淹到了那里,那边那块岩石那里。"

绀野手指的地方是河右岸耸立着的山峦的腰部。

"您怎么知道水曾经淹到那里了呢?"

笙子问。

"你看,那块岩石附近挂着很多枯树枝,对吧?那就是洪水过后留下的遗物。若非那样,那种地方是挂不上那些东西的。"

船一会儿打燃引擎,一会儿熄火,沿着北山川的浅滩深潭上溯。

快到瀞八丁时绀野拿出装便当的木盒,交到苑子和笙子手中,再将船内角落上放置着的小炭炉上的水壶取下,斟上茶。

"完全把您当个服务员使唤,实在惶恐。"

苑子一客气起来,绀野便笑着说:"一离开东京我就都负责做这些事了。习惯了,所以做得得心应手。"

到达瀞八丁前,经过了两处将来会建大坝的地点。算上十津川和北山川,熊野川上总共有七处大坝建设点,据说其中最大也是最难的就是这条河上游大濑附近的大坝，绀野明日就要去那里。

"这条河上游，濑八丁再往上水路也不通，陆路更没有，所以只能先到新宫，再从尾鹫那边绕道。真是麻烦。"

"就沿着这条河走到不了吗？"笙子问。

"也不是到不了，但中途必须在山里住上三晚。我确实想过要沿着河道上溯一次，但是……"

"还是别那么走了，那种地方……"

苑子下意识地插了一句。紧接着问，"熊野川上建这么多大坝，真的有必要吗？"

"有必要。河水不能只用来充当游玩的工具。"

"可倘若这样，那全日本的河流上可都要建水坝了。"

"在能够建水坝的河流上建水坝，不是挺好的吗？"

"是这样吗？"

不知不觉间河流两岸已是巨大的岩石。河水浑浊，船熄了火，像是在小憩的样子，漂浮在澄蓝的深渊上。

"也就这么个地方。这样的景色持续八丁远，所以叫濑八丁。"

好不容易把人领到了这里，绀野却用这种方式介绍。

船一直开到濑八丁最上游，再折返回来。

对苑子而言，这里的风景依然百看不厌。两岸的岩石和杂树映照在澄净的水面之上,船只静静划过,总有一种脱离现实、如游梦境之感。这里季节更替得晚,附近见不到任何游客。此处的美丽与恬静,感觉全由三人独占了。

选自《涨起潮来》①

---

①长篇小说。1955年9月至1956年5月连载于《每日新闻》。

中国山脉山脊上的村落
（鸟取县福荣村）

战争结束那年的十月末，我追随你身后，首次翻过九曲回肠的狭窄山道，到达可以俯瞰 F 村全貌的一片高地之上。回想起来好似昨日之事，而事实上已经过去三年多的岁月。离日暮还有些许时间，我驻足在高地之上，眼前的景色豁然开朗，我不禁驰目远望。南北两侧杂树覆盖的小山岭如波浪般连绵起伏，F 村横亘其间。村子面积不大，建筑显得草率杂乱，村里黄色的稻田如水彩画般澄净明亮。村子正中间是耕地，以此为界自然分为南北两块，两侧从山底到山腰都可以看见农家星星点点散布其间，山腰上随处可见的竹林好似涂上黄色颜料一般，仔细一看只有那里随风轻轻飘摇。啊，那时也是这般明亮恬静。整个村子虽处在深山之中，却无阴暗忧郁之感，真有高原一角那遥远又明朗的美丽。我在那里发呆伫立了好长一会儿。脚边一整片无名杂草（对，对，我现在都还不知道它们叫什么名字）丰茂地生长着。我将两个包裹扔在那里，终于抵达山顶，松了口气的同时也有些筋疲力尽，但我依然迷醉在这罕见的山巅风景中。

俯瞰 F 村的全貌，你就住在村子中的某处，突然间我被一种精神上的无力感所侵袭，只想瘫坐在地上。我像崩溃了一样坐到草丛中，比肩高的杂草摇动得沙沙作响，我这才知道强风一直在高台的一角不停地呼啸。那时我的确不正常。索性就这么回去吧？我就这么瘫坐着，不知何时起开始认真凝视自己内心的这种情绪。我无法准确判明这种情绪因何而起，但正因有了这种情绪，我内心才奇特地背负起一种脆弱又危险的东西，这种情绪的运动方式一旦发生细微改变，我很可能当时就卸下包裹原路返回了。

我到现在依然将那时情绪的产生归咎于"高原上纯粹的、因纯粹而带来的空虚的、特殊的平静与明亮"（借用你日记本上写的话。）真的就像海边的村庄与海对坐一样，这个村庄也面朝天空端坐着。村庄离天近，像天体的殖民地一样，悲与喜在这里都挥发散尽，只剩虚无。我们虽从未言说过村庄的虚无感，但你我应该都是切身品尝体味过的。毕竟我们在这特殊的自然环境中与空虚同住过三年。或许正是因为这样的自然环境，才在曲折中孕育了我与你的爱情。夏季空虚，秋季也空虚，冬季和春季照样空虚。在这空虚的风光中，相应的我才得以让心中的爱情悄然绽放。

然而现在看到这本手记，我很清楚初次站在F村入口台地上那日的虚无感并不一定只是因为被此处特殊的自然环境所触动。我那时一定是突然预感到，我将来要在这个村子中培育我与你的爱情，无论如何我们都会步入那个地方，归根结底我们都必须到达那个地方，可以说我们两人的爱情已非人力可以操控，淹没在了命运滚滚洪流之中。我从东京的烟柳巷的残骸中不远万里搬运而来的轻浮之气，被这高原的风一吹，只剩下脆弱和无常随风飘摇。

我拾起包，却没有原路返回。傍晚微弱清冷的光线如沉入澄净湖底般照耀着村子，我朝着村子的方向，为了和你出轨（那时并不知道会这样，事实上却是赌上性命的出轨），拖着疲惫的双脚前行。

选自《守灵之客》[①]

[①] 小说。1949年12月刊载于《别册文艺春秋》。

长崎一日

这个秋天我因事去了九州旅行，虽说此前去过九州多次，也不知为何就是一次也没有机会踏上长崎这片土地，这次虽是初次探访，但却偶然见到了两位多少和自己有些关系的明治时代逝者的遗物，正好以表追思。

其中之一便是松本顺的笔迹。我到达长崎的当晚，就在友人的带领下去了K餐馆，这里因维新志士曾游乐于此而为人熟知。因为旅途劳顿，我更想在旅馆休息，但毕竟老友间多年未见，实在是盛情难却，在这种心境的驱使下，我还是去了那个餐馆。餐馆建在一个叫做丸山的花柳巷的一隅，近山处的一块斜坡上，现在甚至还是长崎的历史古迹之一。

一说到维新志士们游玩的场所，我就想到战争期间陆海军将校们占据着各地餐馆，旁若无人地嬉闹其间时，餐馆内繁忙凌乱的景象。所以一开始我便对其没什么好印象。然而，餐馆入口处挂着两个大灯笼，古朴的正门前安放着两个装消防用水的大水瓮，依旧保留建造当时的模样。见到从前武士们憧憬的荣光所残留下的痕迹，我的心中不禁生出一种怀古的感慨。餐馆建筑的构造也是古色古香，为当今日本少有，我心想这里应该还是有得一看。

在曲折悠长的廊下一角换上草鞋，看过广阔的庭院之后我又被带到了二楼的大敞间，据说当时维新志士们就是在这里游玩。

一位中年女性，不知是老板娘还是女佣领班，向我们介绍，高杉晋作①、坂本龙马②等志士们都曾在这里游玩，他们策划倒幕运动，计划组织海援队也都是在这里。接着她又展示了壁龛立柱上的一部分，说那就是坂本龙马舞剑时刻上的刀痕。不知是桑树还是什么做的立柱之上的确刻有两道看着像刀痕的损伤。

壁龛上挂着赖山阳③的挂轴。壁龛旁的楣窗上挂着一个大匾额，与大敞间的气场很匹配。我想着应该也是当时某位志士的笔迹，抬头一望只见匾上排列着四个粗体文字"吟花啸月"，署名是兰畴，下方按有一个方形印章，可清晰辨认出是"松本顺"几个字。

我一方面觉得兰畴·松本顺的书法作品与此处环境格格不入，另一方面又有一种类似意料之外偶遇久未相见的故人而产生的怀旧之感。

松本顺是幕末至明治时期的医学家。可能通常并不会被归为维新志士，但却是日本医学史上不可抹却的重要人物。恰巧我的曾祖父曾求学于松本顺门下，两人不只是师徒关系，还有更深层次的交往。因此松本顺这个名字对我而言有

---

①高杉晋作(1839—1867)，幕末维新志士。

②坂本龙马(1836—1867)，幕末维新志士。

③赖山阳(1781—1832)，江户末期思想家、文人。著作《日本外史》为幕末尊皇攘夷活动提供了思想支持。

种幼年时的亲切感。

我向负责介绍的女性询问关于松本顺的事情，她好像对此人一无所知。她替我去前台结账处询问了某位相关人士，这个人的书法作品之所以会挂在这里的缘由，结论是这个匾额从很早以前就挂在这里，也没有特别的理由要取下来，于是便一直放置在那里了。家里人除了知道书写之人是个医生以外，别的详细情况再不知道了。

我一开始时的确觉得匾额与此格格不入。但仔细想想松本顺来这里游玩过也并非什么不可思议之事。

翻阅辞典，关于松本顺是如下解释的：

松本顺，幼名良顺，号兰畴。佐仓藩佐藤泰然次男。天保三年（1832）六月十六日生。后成为幕府医师松本良甫的养子，嘉永三年依幕府命令赴长崎留学，后回到江户开塾招收弟子，明治元年（1868）戊辰之役时，在会津为东北军开设医院，因而被囚。后被赦免，在早稻田开设医院。因山县公[1]的举荐入职兵部省，为陆军卫生部的创设鞠躬尽瘁，在半藏门外建立陆军医院。佐贺之乱、台湾讨伐、西南之役之时均在东京总揽医务，作为我国初代军医总监大显身手。据说正是他谏言贵族亲自制造棉纱送往战地。明治十三年

---

[1]山县有朋（1838—1922）。日本陆军之父，第三任、第九任日本内阁总理。

（1880）成为贵族院议员，二十八年（1895）封男爵。四十年（1907）三月十二日殁，享年七十六岁。

从这份履历来看，他年轻时的确与长崎有千丝万缕的联系，另外从他的事迹来看，他出现在这家餐馆也未必就是多么不可思议之事。

"松本顺是这个世上最值得尊敬的人。"幼年时往我的心里灌输入这个思想的人正是那个女子——我曾祖父洁的妾。

我从六岁开始到十一岁上小学四年级，都在伊豆老家，由当时即将满六十岁的那位女子带大。"曾祖母"（我们都这么称呼这位女子）故去之后，我才搬去城市与双亲一起住。

※

在餐馆K见到松本顺的笔迹之后的第二天，我依旧在昨夜同一位友人的带领下，依次参观了诹访神社、眼镜桥、崇福寺、出岛等长崎的名胜古迹。从浦上天主堂出来，踏入坂本町的外国人墓地时，十月的阳光突然变得秋意十足，收敛起了照射的锋芒，安静地飘洒在大地上。已是寂静的黄昏时分了。

除了此处以外，稻佐岳山麓和大浦天主堂附近还有两所外国人墓地，但据说这里是古墓碑最多最集中的一处。外国人墓地并无墓地之感，只是空气沉静的方式与别处稍有不同，依旧是个明媚之处。在这个沉静明媚的地方，十字架、胸像和墓碑都以一种相当悠闲的姿态排列着。其中几座因原子弹爆炸被大规模炸毁，或从中间吹断，或歪向一边，但一点也没有芜杂不雅之感。

到了这里我才有了种终于从游人的拥挤中解放的感觉，挨个挑选阅读墓碑上刻着的文字。这墓碑与日本的不同，岩石的表面是扁平的，墓碑的主人大部分是明治初年生活在日本的人们。在我看过的墓碑中，生于爱丁堡，1854年客死在长崎的J.M.司汤达德的墓算是最古老的了，除此之外大多是明治初年故去之人。友人的故乡是调布，他在手账上记下了威廉·哈尔贝克·埃文斯的名字，此人于1930年71岁时在调布去世。

"不知道埃文斯先生具体是个什么样的人，不过好歹是在我家乡去世的。下次回老家的时候可以调查一番。"

友人这样的关注点在我看来着实好笑。墓碑之上无一例外都刻上象征神圣记忆的文字，但是就连那些记忆我们都已失去，所以现在我们甚至有些高兴。

我踏着草坪，挨个查看被低矮的石头划分开的各个墓地。

我在其中一块墓地的一角点了根烟。长列柴胡娇小的叶子中点缀着细小的白花，这块墓地比其基地更窄，这是E.古道尔的墓地。他于1889年身故，横排书写的名字下方刻着"具宇土留氏之墓"几个字。与其他墓碑不同，这碑上配上了假借发音的汉字①。

从第一眼看到这个墓碑时起，我就一直在嘴里反复嘀咕古道尔先生，古道尔先生。我总觉得古道尔这个发音并非第一次听到。嘀咕着嘀咕着我突然想到，不就是"古道尔先生的手套"里面的"古道尔"吗。

和"曾祖母"住一起时，我看到过很多次那个被称作"古道尔先生的手套"的大号皮手套。就是那个"古道尔"。当然我无法断定"古道尔先生的手套"中的"古道尔先生"是否就是现在在我眼前长眠的具宇土留先生，但是昨天今天连续两日我都偶遇到一些可以寄托对"曾祖母"追思的故旧物什，我感到十分不可思议。

具宇土留氏究竟是什么样的人呢？要是有心查找一下逝者的履历或许会有线索。不过，就算知道了他的履历，似乎也没法准确判断他是否就是"古道尔先生的手套"中的"古道尔"。这是为何？因为对"古道尔先生的手套"中的"古道尔"多多少少有些了解的"曾祖母"很早以前就已亡故，这

---

①"具宇土留"四个汉字表音不表义，按日本汉字常用音读法读作"gu u do ru"，与古道尔的日语发音同音。

205

个世上完全没有留下任何东西来确认两人是否为同一人。

不过，我昨天刚好偶然见到了松本顺的笔迹，紧接着又发生了今天的事，所以我总是情不自禁地觉得，在"曾祖母"漫长的生涯之中与她有一丁点儿关系，甚至几乎连有关系都谈不上的这位古道尔先生，就是此刻长眠在墓碑之下的具宇土留氏。

具宇土留氏的"土""留"二字上，白青两色的苔藓呈横条纹状生长着，文字只能勉强辨认。

"1889年是明治几年啊？"

我问在稍远处看其他墓碑的友人，友人立马直起腰来掰着指头算起来。

"明治二十二年吧。奇怪的是明治二十年前后过世的人还真多。"他说。

选自《古道尔先生的手套》[1]

---

[1] 小说。1953年12月刊载于《别册文艺春秋》。

有明海

三田约了三点的车,从旅馆出发了。岛原开往三角的最后一班汽船是五点开,为了能赶上这最后一班,三田才约了个车。从长崎到岛原大概要两个小时。虽然也可以坐云仙环游巴士,但毕竟是除夕夜,应该会很拥挤,所以三田还是选择避开。

出了长崎市区没多一会儿,右手边千千石湾以一种浓艳的蓝色呈现在眼前,蓝得让人觉得好像不是海。再往前走,这次换作左手边大村湾的一部分也以同样浓烈的蓝色出现在视野中,但很快又消失了。

在中途各个村落里,三田看见孩子们穿得鼓鼓囊囊的,在家门口或是道路上照看着弟弟妹妹。至于大人们,毕竟是除夕,都脚步匆匆。

三田的眼中不断掠过冬季干枯的水田以及农家后门挂着的白色萝卜,他放任身体随着车行摆动。

有明海广阔身姿出现在左手边,可能由于起风了,整个海面上都能看见有小小的浪头在翻滚。

"这样的天气,一会儿船估计会有些晃吧。"

人品看起来不错的司机说。不过,三田不怕坐船,要是停航他可能会犯难,但只是有些摇晃他并不十分介意。

汽车一直沿着岛原半岛的海岸行驶。长相近似的小渔村层出不穷,车子一路鸣着警笛驶过飘着海腥味的村子。

进入岛原市内已是将近五点十五分。这个时间东京业已暮色昏暗，可九州这一片依旧明亮得有些不真实。岛原那古老的市区街道被清扫得干干净净，商店门前都被整顿一新，好像在说一切准备就绪只等正月到来。

三田来到小港口处，看了看小卖部卖的商品。黄栌的果实被当做地方特产装入袋中陈列着。应该是用来榨油的吧。这么一说三田才又想起来，刚刚坐车来的路上看到到处都有许多叶已掉光却还挂着小果实的黄栌树。

"哎呀！"

传来一阵轻微的喊叫声。三田即刻注意到了，但没想到自己在这里能遇到熟人。候船室内挤了三十人左右，大家好像都是熊本那边的人，干到年前最后一天才回家迎接新年的到来。

"三田先生。"

三田听见有人唤自己名字。他震惊地回头一看，岛根早苗含笑莞尔，正站立着注视着自己。她一点没变。

"哟，我们还真是在一个奇特的地方相遇了啊。"

三田只能憋出这么一句话来。

十年未见，岛根早苗还是往昔那个样子。按道理应该已经三十三四岁了。非要说哪里变了，也就是她现在改穿和服这一点吧。还套了一个高雅又得体的纯紫色外套。三田只见过她穿洋装的样子。

"真的是啊，在这么个奇怪的地方与您相见！"

她也是一副惊讶得嘴都合不上的神情。

"您也是要从这儿坐船去三角吗？"

"对。"

"哎呀，那太好了。"

她的表情夸张极了，一如往常的模样。不管怎样，想到两人可以同行到三角，三田心中还是明快了许多。

※

高级二等舱是这艘船上最高级别的房间了，三田和早苗母子都买的是这个等级的票。舱里除他们以外，只剩一对年轻夫妇而已。

虽然窄了些，但只有这里有船舱的样子，三田和早苗还有她的儿子围坐在窗边的桌子周围。

"我们还真是有缘啊。这除夕夜，又见面了，还一起横渡九州这边角上的海。"

早苗说到了除夕夜，三田听到这词才发现不知不觉船外夜幕已降临。要说有缘的话，那也的确有缘吧。比这世上任何人都更有缘。

不过！三田想，要说没缘，或许也真没缘。

这的确不是分手之后的男女应有的重逢方式。既没有恨，也没有嫌恶之情，好像十年未见的兄妹重逢时一样，两人能够倏地一下注视着对方的眼睛。这究竟是什么！从前同居又分离的男女之间怎么可能有这样再见面的方式！

"夫人您的包是这个吗？"

男服务生一边将包整理到角落一边说。

"嗯。"

早苗回答后看了看三田。感觉她好像缩了一下头。过了一小会儿，她又用眼睛冲三田笑了笑。

可是，那微笑的眼睛看起来有些冷酷，抑或是有些湿润，不知道是不是三田的错觉。

三田这才明白了，原来如此，服务生把自己和早苗母子当成一家子了。三人看起来像一家子这件事也并非不可思议，况且就算真的是一家子，也没什么好奇怪的。

十分奇妙的反倒是，两人之间没有缘分。三田这句话虽没说出口，但他心里却是这么想的。与其说两人有缘，不如说两人无缘更恰如其分。

透过窗户向外看，不知不觉间岛原的灯光隔着昏暗的海面渐行渐远。船开始些微摇晃起来了。

选自《独自旅行》①

---

①小说。发表于1954年4月号的《国王》杂志。

后记

我从开始写小说到今年已有十年了,这十年间去了不少地方旅行。从九州的最南端到北海道的最北端都去过。大部分都是与工作相关,可以说是因工作而旅行。正如画家去写生一样,我在小说中运用的风景及场景大都源于我直接去到那个地方后所做的一些笔记。

我的作品就是在这样的条件下诞生的。本书仅从中摘选了描写风景的段落,编辑成册。最初的五篇散文诗全文摘录,其他的都是小说中的一部分。所有这些选出来的风景,可以说都是我喜欢的风景。每一片风景里都烙印着我去那里时的回忆。这些地方有些是我一个人去的,有些是和杂志社还有报社的人一起去的。还有一些是拜托负责我作品插图的生泽朗画家以及福田丰四郎画家同行的。

将一部完整的作品打碎,只抽取出风景描写的部分,这种做法严格来讲或许是有问题的。然而我只是想将自己路过且中意的风景的素描,剪下来贴在画册上,所以才将它们从作品中抽取了出来。因此，体裁虽然多少有些奇怪，但如果读者权当做游记来看的话，本书的企划也有其自身的意义吧。

我久为敬仰的摄影师大竹新助先生为了本书的出版，飞遍了全国各地取景，对此心存感激。说到底，若是没有大竹先生的帮助配合，是不会有这本书的[①]。

其次，本书的出版承蒙人文书院的渡边睦久、松本章甫两位先生照顾。从最初这本书的策划开始到现在，不知不觉已经过了三年的时日。两位先生这段时间以始终不渝的热情为了本书的诞生而努力，对此我深表谢意。

昭和三十四年五月六日
井上靖

[①] 日文原书中配合所选章段，加入了大量相关地区相关场景的照片插图。这些照片都是出自摄影师大竹之手。本书因为没有照片版权，故只能省略。

译后记

初识本书，粗略一翻，第一印象是：除了开篇几首散文诗之外，书中其余几乎都是井上靖小说中风景描写的片段。平时周围的朋友们读小说，遇到风景描写大都快速浏览而过，人们普遍更享受情节的跌宕起伏带来的快感。我不禁疑惑，这样的书真的有人愿意读吗？

再看井上靖自己写的后记，他本人对此也有所担忧。他说单独将小说中景物描写的章段抽出来，这一做法本身是有问题的。但他同时也解释，若仅仅将本书当做游记来读则有其合理性。游记当然亦可，不过我反而觉得坦率地认识到本书就是小说中景物描写段落的选集也未尝不是一件好事。这些景物描写的部分放到小说之中时，常常被淹没被忽视，现在专门将其抽取出来，反而给了读者机会思考这些景致究竟美在何处，以及井上靖为何要将故事发生的舞台设定在这些地方。

写雪山遇难的故事时选择高耸的日本中央阿尔卑斯山脉

作为小说的舞台，写殉情自杀的故事时则将背景安排在瀑布或海角，这些都无可厚非。然而，有些故事的舞台背景安排却有独到之处。比如本书最后一篇《有明海》，选自短篇小说《独自旅行》，选段描写了两位从前的恋人在分手十年后的除夕夜里，在九州岛西面的有明海上偶遇时的场景。分手十年后的偶遇，还是在除夕夜，不得不说很有缘分，十分巧合。倘若再加上有明海这一地点，巧合的程度又增加了一层。有明海位于日本九州岛西部，可以说是乡下中的乡下，边缘里的边缘，能在这里偶遇并非一件易事。但是文中反复强调，两人与其说是有缘，不如说是无缘。能在这样的时间地点相遇，却难以白头偕老，巨大的反差恰好证明了两人的无缘。

除了地点的设定之外，井上在选择景物时也别具匠心。试举一例：

鱼津脚下落满枯叶的地面之中，有一部分突然隆起，他猛地看到一只青蛙正从那里缓缓探出头来。仔细一看，四面八方都是想要冒头的青蛙们。青蛙们经历了漫长的冬眠，醒来后正一同沐浴地上的春光。虽然洒在这附近的阳光已很微弱，但环境还算幽静寂寥，很适合青蛙们从地底飞蹦出来。

这一段描写来自《从上高地到德泽》，文章节选自小说《冰壁》。鱼津和小薰为了寻找在冬季登山时遇难的小坂的尸体，在春季积雪融化时前往穗高地区。就在即将到达德泽小屋时，两人遇见了冬眠过后醒来的蛙群。显然，这段生机勃勃的蛙群的描写有很大的用意。蛙群冬眠后能在地里苏醒，小坂的尸体历经了一个冬天为什么不能苏醒呢？将蛙群描写得越活力满满，鱼津和小薰心中的失落感也被反衬得越强烈。倘若不是将这一段单独抽出，这段关于蛙群的描写显然会被一带而过。

再举一例。在《比良与坚田》的开头，描述主人公第一次见到照片上比良山的杜鹃花时，是这样的：

老汉我现在都还清楚地记得，那照片上是这样一番风景：在比良山系的顶端极目远望，眼下是镜面一般的湖水，山顶上的高山杜鹃在岩石四起的斜坡上成片地鲜艳地开着，像一片花圃优美地覆满山坡。看到这张照片，不知怎的我吓了一跳。震惊的原因我不得而知，总之在心中某个角落，我感到一种难以名状的刺激，它像以太似的具有挥发性，促使我仔细反复地端详这张印有比良杜鹃花的照片。

这篇小说名叫《比良的杜鹃花》，单从题名就可看出琵琶湖畔比良山上盛开的杜鹃花是小说情节推进的重要线索。主人公曾幻想自己自杀时的场所就在这杜鹃花丛中，原因为何？从这段与杜鹃花的初相识的描述就可看出一二。杜鹃的红色十分鲜艳，像极了血的颜色。这种流血式的绽放引诱人做出流血式的牺牲，仿佛也要抛洒热血舍弃生命才能如杜鹃花一样的美丽。整个小说中主人公想死未得、主人公的长子投湖自尽、主人公好友的遗书等等都是围绕生死在展开讨论，而这鲜红绽放的杜鹃花就是生命的象征，也是促发这一讨论最原初的意象。节选出这一段可以让读者更强烈感受到"比良的杜鹃花"在整个故事中的象征意义。

除此之外，罗列多篇小说这样的编辑形式还可以让我们发现井上靖早期写作时感兴趣的母题。例如，本书中有不少选段都涉及自杀的母题。《汤之岛·净莲瀑布》（选自《下去瀑布的路》）中主人公误以为女子从瀑布跳下自杀，实则安然无恙。作品将孩子本能地想要挽留生命的情感表现得淋漓尽致。同样是自杀未遂，《比良与坚田》（选自《比良的杜鹃花》）则以自杀者的第一视角，将其准备自杀、实施自杀、放弃自杀等多个时间节点时的心理状态描写得细致入微，让人有身临其境之感。《千曲川和犀川》（选自《核桃林》）描述的则是老人去找寻离家出走的十七岁少年，最终却只能找到少年投河自尽后的尸体的故事，又透过老人的视角传递出生命的脆弱和可贵。《潮岬之行》（选自《黯潮》）描述的则是殉情自杀，就连一路上波谲云诡的天气都透露出生命的变化无常。像这样对同一个大的文学母体产生不同角度的思考，在一本书内得以完成，自然是要归功于此书将各小说中精彩的部分摘选出来的结果。

说了这么多摘选的优点，作为译者不得不说，本书的编辑模式还是为读者阅读设置了一定障碍。最明显的便是某些选段倘若对小说前后情节没有一定程度的掌握，阅读过程中必定会感觉突兀。日本读者还可买小说全本来补完情节，中国读者则没那么幸运，虽然井上靖小说的译介已足够多，但本书所选大都是井上早期的短篇作品，许多作品没有中译本。所以，我在翻译时都尽可能以注释的形式补充完整部分情节，以帮助理解。另外，还在文章开头适当补译，以避免唐突。当然，最期待的还是能有更多井上靖的作品被翻译成中文，相信读者看完本书的许多选段都会觉得意犹未尽。

翻译过程中，我最佩服的还是井上细致的观察力。我自己也十分热爱旅行，本书中提到的地方，大概有一半我都去过。每次旅行我也都会写一些游记，但观察力远不及井上，更不会想到要将眼前的风景与什么样的故事结合。例如书中猪苗代湖的选段里描写风吹湖岸的样子时用了一个比喻，说起风时的湖面像成百上千只兔子。我见过无数次起风的湖面，甚至连我所居住的台场公寓，对面就是成天呼啸的东京湾，我也从未想过这些浪头像兔子。经井上这么一点拨，某个下午我站在阳台上远眺，发觉海上果真多了许多活蹦乱跳的兔子，也算是很大的收获。

不管是像井上靖自己所说，将本书作为一本游记来对待，还是像专业文学研究者那样，将其作为文学地理学、文学景观学的研究范本来考察，本书都有其自身的意义。能够感觉到编撰本书时，井上有意识地想让读者去再次发现日本的原风景。总之，游记或是小说姑且不论，希望本书能够成为读者了解井上文学的一个窗口，也希望它能激发读者对旅行的兴趣，拿起笔头记录下自己眼中美好的风景。

李筱砚
2019年1月于东京台场

附录　井上靖年谱

1907年（明治四十年）
5月6日，出生于北海道上川郡旭川町，父亲井上隼雄，母亲八重，井上靖为二人的长子。
祖父井上洁。井上家是伊豆汤岛的医生世家。母亲八重是家中的长女。父亲隼雄为井上家赘婿。

1908年（明治四十一年）　1岁
父亲井上隼雄出征前往韩国，井上靖同母亲搬至伊豆汤岛。

1909年（明治四十二年）　2岁
因父亲调动工作，迁居至静冈市。

1910年（明治四十三年）　3岁
9月，妹妹出生，和母亲一起搬至汤岛。

1912年（明治四十五年） 5岁
父母离开汤岛，将井上靖交由其户籍上的祖母加乃抚养。加乃是已故的祖父井上洁的小妾，此时已入籍井上家，在法律上是井上靖的祖母，平时独居于仓库中。井上靖与加乃的感情十分深厚。

1914年（大正三年） 7岁
4月，入读汤岛寻常高等小学。

1915年（大正四年） 8岁
9月，曾祖母阿弘去世。

1920年（大正九年） 13岁
1月，祖母加乃去世。2月，来到父亲的任地滨松，和父母一起生活。转学至滨松寻常高等小学。4月，入读滨松师范附属小学高等科。

1921年（大正十年） 14岁
4月，以第一名的成绩考入静冈县立滨松中学，担任班长。同年，父亲前往中国东北工作。

1922年（大正十一年） 15岁
3月，因为父亲被内定为台湾卫成医院院长，因此寄居于三岛町的姨妈家中。4月，转学至静冈县立沼津中学。

1924年（大正十三年） 17岁
4月，因家人全都去了台湾的父亲身边，所以被托付给三岛的亲戚照顾。夏天,旅行去台北看望父母亲。此时,受老师和友人的影响,开始对诗歌、小说等产生兴趣。

1925年(大正十四年) 18岁
学校发生了学生闹事事件,被认为是带头闹事者之一,被强制搬入了附近的农家,处于老师的监视之下。

1926年(大正十五年·昭和元年) 19岁
2月,在沼津中学《学友会会报》上发表短歌《湿衣》九首。3月,从沼津中学毕业。前往台北的家人身边,但因父亲调任,又搬家至金泽,为高中入学考试做准备。

1927年(昭和二年) 20岁
4月,入读金泽第四高中理科甲类。加入柔道部。同年,征兵检查甲种合格。

1928年(昭和三年) 21岁
5月,应召加入静冈第三四联队,但因为在柔道活动中肋骨骨折,退伍回家。7月,参加在京都举行的柔道高中校际比赛,进入半决赛。8月,拜访住在京都的远亲足立文太郎,初见其长女足立文。从这一时期开始创作诗歌。

1929年(昭和四年) 22岁
2月,在诗歌杂志《日本海诗人》上发表《冬天来临之日》。此后,到1930年年底为止,一直在该杂志上发表诗歌。4月,担任柔道部的队长,但不久便退出了柔道部。5月,加入由福田正夫主办的诗歌杂志《焰》,到1933年5月左右为止,一直在该杂志上发表诗歌。同时还活跃于《高冈新报》、《宣言》(内野健儿主办的无产阶级诗歌杂志)、《北冠》等刊物上。

1930年（昭和五年） 23岁
3月,从四高毕业。4月,入读九州帝国大学法文学部英文科,搬至福冈,但是不久就对大学生活失去了兴趣,前往东京,醉心于文学。从9月开始,放弃使用笔名井上泰,改为自己的本名。10月,从九州帝国大学退学。12月,在弘前,与白户郁之助等人一起创刊同人杂志《文学abc》。

1931年（昭和六年） 24岁
3月,父亲在军医监(少将)的职位上退休,在金泽住了一段时间之后,退隐于伊豆汤岛。

1932年（昭和七年） 25岁
1月,杂志《新青年》上征集平林初之辅的未完遗作——侦探小说《谜一般的女人》的续集,以冬木荒之介的笔名参加征集并入选。此后,不断参加《侦探趣味》《SUNDAY每日》等主办的有奖小说征集活动并入选。2月,应召入伍,半个月后退伍。4月,入读京都帝国大学文学部哲学科,但是基本不去听课。从同年夏天开始,诗风发生改变,从分行诗转向散文诗。

1933年（昭和八年） 26岁
9月,以泽木信乃为笔名,小说《三原山晴夫》参加《SUNDAY每日》的"大众文艺"征集活动,被选为优秀作品。11月,《三原山晴夫》被大阪的剧团"享乐列车"改编成剧目并上演。

1934年（昭和九年） 27岁
3月，以泽木信乃为笔名，参与《SUNDAY每日》的"大众文艺"征集活动，小说《初恋物语》当选。4月，以大学在读的身份加入新成立的电影社脚本部，往返于京都和东京之间。

1935年（昭和十年） 28岁
6月，在《新剧坛》创刊号上发表首部戏曲创作《明治之月》。8月，与友人创刊诗歌杂志《圣餐》。10月，以本名参加《SUNDAY每日》的"大众文艺"征集活动，侦探小说《红庄的恶魔们》当选。《明治之月》在新桥舞剧场上演。11月，与足立文结婚。

1936年（昭和十一年） 29岁
3月，从京都帝国大学哲学科毕业。7月，参加《SUNDAY每日》的"长篇大众文艺"征集活动，《流转》当选为历史小说第一名，并获第一届千叶龟雄奖。以此获奖为契机，8月就职于每日新闻大阪总部。在《SUNDAY每日》编辑部工作。10月，长女几世出生。

1937年（昭和十二年） 30岁
6月，成为学艺部直属职员。9月，应召为中日战争候补人员。《流转》被松竹公司拍成电影。被编入名古屋第三师团派往中国北部，11月，患上脚气病，被送进野战预备医院。

1938年（昭和十三年） 31岁
3月，因病提前退伍。4月，回到每日新闻大阪总部学艺部工作。负责宗教栏目。10月，次女加代出生，但不久就夭折了。

1939年（昭和十四年） 32岁
除宗教栏目外，开始同时负责美术栏目。专注于对佛典、佛教美术等相关内容的取材。

1940年（昭和十五年） 33岁
与安西东卫、竹中郁、小野十三郎、伊东静雄、杉山平一等诗人交往。9月，因职务调整，转至文化部工作。12月，长子修一出生。

1942年（昭和十七年） 35岁
在出版社工作的同时，还在京都帝国大学研究生院进行研究活动。

1943年（昭和十八年） 36岁
1月，《大阪每日新闻》与《东京日日新闻》合并，成立《每日新闻》。4月，与浦上五六合著的《现代先觉者传》发行，所用笔名为浦井靖六。10月，次子卓也出生。

1945年（昭和二十年） 38岁
1月，成为每日新闻社参事。因为学艺栏被裁掉，4月，调动到社会部工作。岳父足立文太郎去世。5月，三女佳子出生。6月，家人被疏散到鸟取县。每天从大阪茨木出发去上班。8月15日，撰写终战文章《听完玉音广播之后》。12月，将家人托付给妻子娘家足立家照顾。

1946年（昭和二十一年） 39岁
1月，就任大阪总社文化部副部长。再次开始诗歌创作。

1947年（昭和二十二年） 40岁
以井上承也为笔名,参加《人间》第一届新人小说征集活动,9月,小说《斗牛》在当选作品空缺的情况下,入选优秀作品。4月,兼任大阪总社评论员。8月,家人迁居至汤岛。

1948年（昭和二十三年） 41岁
1月,完成小说《猎枪》的创作,参加了《人间》第二届新人小说征集活动,但没有入选。2月,协助竹中郁等人创刊诗歌童话杂志《麒麟》,负责挑选诗歌。4月,任东京总社出版局书籍部副部长,独自一人前往东京,暂居于葛饰区奥户新町妙法寺。

1949年（昭和二十四年） 42岁
10月、12月,接连在《文学界》上发表《猎枪》《斗牛》。

1950年（昭和二十五年） 43岁
2月,《斗牛》获第22届芥川文学奖。3月,就任东京总社出版局代理负责人,专注于创作。4月,在《新潮》上发表短篇小说《漆胡樽》。5月开始在《夕刊新大阪》上连载第一部报刊小说《那个人的名字无法说出》。7月,长篇小说《黯潮》开始在《文艺春秋》上连载。8月,《井上靖诗抄》发表于《日本未来派》。

1951年（昭和二十六年） 44岁
1月,开始在《新潮》上连载长篇小说《白牙》(至5月)。5月,从每日新闻社辞职,成为社友。专心从事文学创作。8月,开始在《SUNDAY每日》上连载《战国无赖》,在《文艺春秋》上发表《玉碗记》。10月,在《新潮》上发表《某伪作家的一生》。

1952年（昭和二十七年） 45岁
1月,开始在《妇人画报》上连载《青衣人》(至同年12月),7月,开始在《新潮》上连载《黑暗平原》。

1953年（昭和二十八年） 46岁
1月,开始在《ALL读物》上连载《罗汉柏物语》,5月,开始在《周刊朝日》上连载《昨天和明天之间》。7月,在《群像》上发表《异域之人》。10月,开始在《小说新潮》上连载《风林火山》。12月,在《别册文艺春秋》上发表《古道尔先生的手套》。

1954年（昭和二十九年） 47岁
3月,开始在《朝日新闻》上连载《明日将至之人》,在《群像》上发表《信松尼记》,在《中央公论》上发表《僧行贺之泪》。

1955年（昭和三十年） 48岁
1月,在《文艺春秋》上发表《弃姬》。从昭和29年度下半期（第32届）开始担任芥川奖的选考委员。8月,开始在《别册文艺春秋》上连载《淀殿日记》(后改名为《淀君日记》),开始在《小说新潮》上连载《真田军记》。9月,开始在《每日新闻》上连载《涨潮》。10月,由新潮社出版新著长篇小说《黑蝶》。

1956年（昭和三十一年） 49岁
1月,开始在《新潮》上连载长篇小说《射程》,11月,开始在《朝日新闻》上连载《冰壁》。

1957年（昭和三十二年） 50岁
3月,开始在《中央公论》上连载《天平之甍》。10月,开始在《周刊读卖》上连载《海峡》。正在连载的《冰壁》引起了社会热议,成为畅销书。10月末,开始了首次中国之旅,为期近一个月时间。

1958年（昭和三十三年） 51岁
2月,凭借《天平之甍》获艺术选奖文部大臣奖。3月,在《中央公论》上发表《满月》。5月,在《世界》上发表《幽鬼》。7月,在《文艺春秋》上发表《楼兰》。10月,在《群像》上发表《平蜘蛛釜》。

1959年（昭和三十四年） 52岁
1月,开始在《群像》上连载《敦煌》。2月,凭借《冰壁》等作品获日本艺术院奖。5月,父亲井上隼雄去世。7月,在《声》上发表《洪水》。10月,开始在《文艺春秋》上连载《苍狼》,在《朝日新闻》上连载《漩涡》。

1960年（昭和三十五年） 53岁
1月,开始在《主妇之友》上连载《雪虫》。7月,受每日新闻社派遣前往罗马奥运会采风,周游欧美各国,11月末回国。《敦煌》《楼兰》获每日艺术大奖。

1961年（昭和三十六年） 54岁
1月,与大冈升平就《苍狼》产生论争。在《东京新闻》晚报等连载《悬崖》。6月末开始进行为期约半个月的访华。10月开始在《周刊朝日》上连载《忧愁平野》。12月,《淀君日记》获野间文艺奖。

1962年（昭和三十七年） 55岁
7月,开始在《每日新闻》上连载《城砦》。

1963年（昭和三十八年） 56岁
2月,开始在《妇人公论》上连载《杨贵妃传》,在《ALL读物》上发表《明妃曲》。4月,为创作《风涛》,前往韩国进行为期约一周的采风。6月,在《文艺》上发表《宦者中行说》。8月,开始在《群像》上连载《风涛》。9月末开始,进行为期约一个月的访华。

1964年（昭和三十九年） 57岁
1月,成为日本艺术院会员。2月,《风涛》获读卖文学奖。5月,为创作《海神》,前往美国进行为期约两个月的旅行采风。9月,开始在《产经新闻》上连载《夏草冬涛》。10月,开始在《展望》上连载《后白河院》。

1965年（昭和四十年） 58岁
5月,在苏联境内的中亚地区进行了为期约一个月的旅行。11月,开始在《朝日新闻》上连载《化石》。

1966年（昭和四十一年） 59岁
1月,分别开始在《文艺春秋》上连载《俄罗斯国醉梦谭》,在《世界》上连载《海神(第一部)》,在《太阳》上连载《西域之旅》。

1967年（昭和四十二年） 60岁
6月,开始在《每日新闻》晚报上连载《夜之声》。夏,受夏威夷大学邀请担任夏季研究班讲师,前往夏威夷旅行。诗集《运河》刊行。

1968年（昭和四十三年） 61岁
1月,开始在《SUNDAY每日》上连载《额田女王》。5月,前往苏联进行为期约一个半月的旅行,为《俄罗斯国醉梦谭》采风。10月,《西域物语》开始在《朝日新闻》周日版连载。12月,《北之海》开始在《东京新闻》等刊物连载。

1969年（昭和四十四年） 62岁
1月,分别开始在《世界》上连载《海神(第二部)》,在《太阳》上连载《西域纪行》。4月,就任日本文艺家协会理事长。《俄罗斯国醉梦谭》获新潮日本文学大奖。7月,在《海》上发表《圣者》。8月,在《群像》上发表《月之光》。

1970年（昭和四十五年） 63岁
1月,开始在《日本经济新闻》上连载《榉木》。9月,开始在《读卖新闻》上连载《方形船》。

1971年（昭和四十六年） 64岁
1月,开始在《文艺春秋》上连载美术游记《与美丽邂逅》。3月,前往美国进行约两周的旅行,为《海神》采风。5月,开始在《朝日新闻》上连载《星与祭》。诗集《季节》刊行。

1972年（昭和四十七年） 65岁
9月,开始在《每日新闻》晚报上连载《年幼时光》。由每日新闻社主办的"井上靖文学展"举行。10月,开始在《世界》上连载《海神(第三部)》。新潮社版《井上靖小说全集》(共32卷)开始出版发行。

1973年（昭和四十八年） 66岁
5月,前往阿富汗、伊朗等地进行为期约一个月的旅行。11月,母亲八重去世。沼津骏河平开设井上文学馆。

1974年（昭和四十九年）　67岁
1月,开始在《文艺春秋》上连载游记《亚历山大之道》。开始在《每日新闻》周日版上连载随笔《一期一会》。9月末开始为期约两周的访华。

1975年（昭和五十年）　68岁
5月,作为访华作家代表团团长,在中国进行了为期约20天的旅行。

1976年（昭和五十一年）　69岁
2月,前往欧洲进行为期约一周的旅行。6月,前往韩国进行为期约10天的旅行。11月,获文化勋章。进行为期约两周的访华。诗集《远征路》刊行。

1977年（昭和五十二年）　70岁
3月,用约10天的时间历访埃及、伊拉克等地。8月,进行为期约20天的访华,前往新疆维吾尔自治区。11月,开始在《每日新闻》上连载《流沙》。

1978年（昭和五十三年）　71岁
1月,开始在《文艺春秋》上连载《我的西域纪行》。5月至6月间访华,首次到访敦煌。

1979年（昭和五十四年）　72岁
3月,每日新闻社主办的"敦煌——壁画艺术与井上靖的诗情展"在大丸东京店等地举行。从夏到秋,跟随电影《天平之甍》摄影组、NHK丝绸之路采访组等多次前往中国、西域等地旅行。

1980年（昭和五十五年） 73岁
3月,和平山郁夫一起参观印度尼西亚婆罗浮屠遗址。4月末开始,和NHK丝绸之路采访组一起行走于西域各地。6月,任日中文化交流协会会长。8月,访华。10月,和NHK丝绸之路采访组一起获菊池宽奖。获佛教传道文化奖。

1981年（昭和五十六年） 74岁
1月,开始在《群像》上连载《本觉坊遗文》。4月,开始在《太阳》上连载随笔《站在河岸边》。5月,任日本笔会会长。9月末,在夫人的陪伴下前往中国旅行,为创作《孔子》采风。10月,就任日本近代文学馆名誉馆长。获放送文化奖。

1982年（昭和五十七年） 75岁
5月,《本觉坊遗文》获新潮日本文学大奖。同月末、11月末、12月末到次年初,三次前往中国旅行。出席巴黎日法文化会议。

1983年（昭和五十八年） 76岁
6月（两次）和12月访华。

1984年（昭和五十九年） 77岁
1月至5月,由每日新闻社主办的展览"与美丽邂逅 井上靖 无法忘却的艺术家们"在横滨高岛屋等地举行。5月,作为运营委员长主持国际笔会东京大会。11月,访华。

1985年（昭和六十年） 78岁
1月,获朝日奖。6月,在夫人的陪伴下,和《俄罗斯国醉梦谭》摄影组一起访问苏联。10月,访华。

1986年（昭和六十一年） 79岁
4月,访华,被授予北京大学名誉博士称号。9月,因食道癌在国立癌症中心住院,接受手术治疗。

1987年（昭和六十二年） 80岁
5月,在夫人的陪伴下前往法国,并游历欧洲各地。6月,开始在《新潮》上连载最后的长篇小说《孔子》。10月,访华。

1988年（昭和六十三年） 81岁
5月,前往中国进行为期10天的旅行,访问孔子的家乡曲阜,为创作《孔子》采风。这是他第27次中国之行,也是最后一次。诗集《旁观者》刊行。

1989年（昭和六十四年·平成元年） 82岁
12月,《孔子》获野间文艺奖。

1991年（平成三年）
1月29日,在国立癌症中心去世。2月20日,在青山斋场举行葬礼,戒名:峰云院文华法德日靖居士。